Bianca

D0725355

Noche de bodas aplazada
Natalie Rivers

HARLEQUIN

Editado por HARLEQUIN IBÉRICA, S.A.
Núñez de Balboa, 56
28001 Madrid

NOCHE DE BODAS APLAZADA, N.º 2032 - 13.10.10
Título original: The Blackmail Baby
Publicada originalmente por Mills & Boon®, Ltd., Londres.

I.S.B.N.: 978-84-671-9054-0
Depósito legal: B-32895-2010
Editor responsable: Luis Pugni
Preimpresión y fotomecánica: M.T. Color & Diseño, S.L.
C/ Colquide, 6 portal 2 - 3º H. 28230 Las Rozas (Madrid)
Impresión y encuadernación: LITOGRAFÍA ROSÉS, S.A.
C/ Energía, 11. 08850 Gavá (Barcelona)
Fecha impresion para Argentina: 11.4.11
Distribuidor exclusivo para España: LOGISTA
Distribuidor para México: CODIPLYRSA
Distribuidores para Argentina: interior, BERTRAN, S.A.C. Vélez
Sársfield, 1950. Cap. Fed./ Buenos Aires y Gran Buenos Aires,
VACCARO SÁNCHEZ y Cía, S.A.
Distribuidor para Chile: DISTRIBUIDORA ALFA, S.A.

Capítulo 1

CHLOE Valente, eres la mujer más increíblemente guapa y sexy que he conocido en toda mi vida.

Las palabras, apenas un susurro en el oído de Chloe, hicieron que sintiera un escalofrío de anticipación. El calor del cuerpo de Lorenzo la quemaba a través de la fina seda del vestido de novia, excitándola. Todo en su vida había cambiado como jamás pudo imaginar.

–Gracias por hacer que este día haya sido tan especial –suspirando, se agarró a la barandilla de piedra del balcón, mirando el fabuloso salón de baile que aún estaba lleno de invitados tomando champán. Resultaba difícil creer que aquel *palazzo*, propiedad de la familia veneciana de Lorenzo durante generaciones, fuese ahora su nuevo hogar.

–Ha sido maravilloso. No imagino una boda más bonita.

Venecia era un sitio mágico para casarse y la nevada de febrero la había hecho aún más encantadora y romántica. Mientras volvían al *palazzo* después de la ceremonia, reclinada sobre almohadones de terciopelo en una góndola al lado de su guapísimo marido, había sabido que aquél era el día más feliz de su vida.

–Lo mejor aún está por llegar –dijo él, su acento italiano como una caricia–. Deja que te lo demuestre en el dormitorio.

Chloe cerró los ojos un momento, dejándose llevar por una ola de placer. Saber que Lorenzo la deseaba tanto hacía que su corazón latiese a mil por hora y que sintiera mariposas en el estómago.

El sonido de las conversaciones mezclado con el tintineo de las copas y la angelical música de un arpa parecía llegar flotando desde abajo.

–No podemos irnos todavía –sonrió, mientras Lorenzo la besaba en el cuello–. ¿Qué haremos con toda esa gente?

–Tú siempre haces lo que debes hacer –dijo él, tomándola por la cintura–. Eras la ayudante perfecta, siempre anticipándote a mis deseos y a los de mis socios. E incluso ahora, el día de tu boda, estás pensando en los invitados... en ser la mejor anfitriona posible.

Chloe miró sus vibrantes ojos azules y sintió un familiar escalofrío. Con esa mirada y un físico soberbio, era el hombre más apuesto que había conocido nunca. Casi resultaba imposible creer que ahora fuese su marido, que estuviera casada de verdad con Lorenzo Valente.

Durante dos años había sido su ayudante ejecutiva, amándolo a distancia, sabiendo que sus sentimientos no podían ser correspondidos por su increíble jefe veneciano. Ella era una chica inglesa normal y él pertenecía a una de las familias más antiguas y nobles de Venecia. Además de ser un hombre de negocios multimillonario y respetado por todo el mundo. Pertenecían a mundos diferentes.

Pero entonces Lorenzo le preguntó si quería salir con él.

Al principio le había resultado difícil creerlo. Desde el día que empezó a trabajar en el cuartel general de su empresa lo había visto con una interminable sucesión de bellezas del brazo, todas altas, delgadas, con ojos sensuales y largas melenas oscuras.

No tenían nada que ver con ella, que era bajita, rubia, con pecas y unos ojos verdes que resultaban ridículos si se ponía algo más que un poco de rímel.

Pero, a pesar de sus dudas iniciales porque no entendía cómo un hombre tan magnífico como Lorenzo Valente podía estar interesado en alguien como ella, le había resultado imposible resistirse. Había entrado en su vida como un tornado, seduciéndola con la intensidad con la que el apasionado italiano lo hacía todo.

Chloe había visto que Lorenzo trataba a las mujeres como una diversión pasajera, pero sabía que a ella la trataba de otro modo.

Jamás había mencionado la palabra amor, pero

ella sabía que no se sentía cómodo mostrando emociones o sentimientos.

Un día la llevó a su casa en Venecia y le habló de su futuro y de los hijos que esperaba que tuviesen juntos. Para Chloe, ésa era la auténtica señal de amor y compromiso.

De modo que había aceptado su proposición con auténtica felicidad, sintiendo que entraba en un nuevo capítulo de su vida, un capítulo que duraría para siempre.

–Ven arriba conmigo y deja que me anticipe a tus deseos, mi querida Chloe –dijo con voz ronca–. Deja que te muestre lo feliz que me siento por haberme casado contigo.

Los ojos de Chloe se llenaron de lágrimas. Jamás se había sentido especial... desde luego nunca se había visto sexy o preciosa. Que Lorenzo se lo dijera significaba para ella mucho más de lo que nunca podría imaginar.

El amor y la felicidad eran más potentes que el champán que había estado bebiendo durante toda la tarde...

«Te quiero» era lo único que pensaba.

Sólo dos palabras, pero nunca las había dicho en voz alta. Ninguno de los dos lo había hecho.

Al principio era demasiado tímida como para admitir sus sentimientos, pero ahora todo había cambiado. Estaban casados. Habían estado juntos en medio de una congregación, prometiendo cuidar el uno del otro, amarse y respetarse durante el resto de sus vidas... y ahora su corazón rebosaba felicidad.

Y, de repente, las palabras escaparon de su garganta:

–Te quiero, Lorenzo.

Inmediatamente la expresión de Lorenzo cambió por completo, un cambio tan profundo que Chloe supo de inmediato que había cometido un terrible error.

–¿Me quieres? –repitió él con súbita ira–. ¿Por qué has dicho eso?

–Porque... porque es verdad –respondió Chloe, sorprendida.

–¿A qué estás jugando? –Lorenzo frunció el ceño como si no entendiera–. Tú sabes... siempre has sabido que este matrimonio no tiene nada que ver con el amor.

–Pero... –Chloe no pudo terminar la frase, con el estómago encogido. ¿Qué estaba diciendo?

–Tú sabes que el nuestro es un acuerdo práctico. Hemos hablado de que serías mi esposa ideal... tú entendías que éste era un acuerdo sensato y práctico entre los dos, mucho mejor que un campo de minas emocional. Siempre has sabido lo que pensaba de este matrimonio.

–No te entiendo –Chloe lo miraba, desconcertada, intentando recordar su proposición. Era cierto que no había clavado una rodilla en el suelo para pedirle que se casara con él, pero la había llevado a París, la ciudad más romántica del mundo, habían paseado por la orilla del Sena con las hojas de otoño bailando a su alrededor... incluso había tomado sus manos para pedirle que fuera su mujer.

Intentó recordar cuáles habían sido sus palabras exactas, recordar la conversación entera. Pero, de repente, lo único que podía ver era la expresión airada de Lorenzo.

—Discutimos el asunto cuando tu madre y tu hermana se marchaban a Australia. Te pregunté por tu padre, si él emigraba con ellas... y tú me dijiste que no lo habías visto desde que tenías siete años.

—Pero tú y yo no salíamos juntos entonces —dijo Chloe, intentando entender la relevancia de esa conversación—. Eso fue antes de pedirme que saliera contigo.

Recordaba que se había mostrado muy comprensivo y que le había contado que su madre se marchó de casa cuando él tenía cinco años. Era la primera vez que su relación había saltado la barrera entre jefe y ayudante. Lorenzo incluso le había servido una copa mientras le decía... que en su opinión la vida era mucho más sencilla sin las complicaciones de los ideales románticos.

Chloe se llevó una mano al corazón. Sí, lo había dicho, pero nunca habría imaginado que hablaba en serio, que era algo más que un simple comentario amargo debido a los tristes recuerdos de su infancia.

¿Qué tenía eso que ver con su matrimonio?

Lo miró, atónita, intentando recordar si habían vuelto a hablar del asunto alguna vez, pero sabía que no era así. Lo recordaría si Lorenzo hubiese dicho algo que la hiciera pensar que su interés por ella era frío y práctico.

Él se pasó una mano por el pelo, sus ojos azules brillando de rabia.

–Pensé que eras diferente a las demás –le dijo–. No otra de esas mujeres que intentan atraparme con falsas declaraciones de amor y promesas que no tienen intención de cumplir. Pero ahora veo que eres como ellas... peor aún porque has esperado hasta hoy, el día de nuestra boda, para hacerlo.

Chloe intentó entender lo que estaba diciendo, pero no era capaz. Se daba cuenta de que estaba temblando y se abrazó a sí misma.

–¿No quieres que te quieran? –le preguntó–. No te entiendo, Lorenzo. Es natural esperar amor, buscarlo incluso.

–La gente que busca el amor es idiota –dijo él, desdeñoso.

–¿Pero y si lo encuentras aunque no lo estés buscando? –le preguntó Chloe.

Nunca había esperado enamorarse de su jefe, pero su magnético carisma, su seguridad, su presencia, habían hecho imposible que no lo amase.

–El amor es una ilusión, un falso ideal.

–Eres tan cínico... –murmuró Chloe–. Pues claro que el amor existe, no se puede negar lo que siente tu corazón.

–¿Y tu corazón te dice que me quieres? –preguntó Lorenzo, sarcástico–. ¿Incluso ahora que he dejado claro lo que pienso sobre el asunto?

–No es algo que uno pueda apagar y encender con un interruptor –dijo ella, desolada por su actitud. Sabía que Lorenzo podía ser muy arrogante a veces, pero nunca había pensado que fuese una persona cruel.

Por lo visto, había muchas cosas que no sabía del hombre con el que acababa de casarse. ¿Había cometido el error más terrible de su vida?, se preguntó.

–¿Entonces insistes en decir que me quieres? Tal vez no desees echarte atrás ahora... ¿crees que es mejor seguir fingiendo?

–¿Qué es lo que quieres de un matrimonio, de tu mujer? –le preguntó Chloe, que no iba a dejarse amedrentar.

–Quiero a alguien sincero, auténtico. Alguien a quien pueda respetar. No otra de esas mujeres cuyas promesas de amor son tan falsas como su aspecto.

–Yo siempre he sido sincera contigo –replicó ella, parpadeando furiosamente cuando notó que sus ojos se empañaban. No iba a llorar delante de él cuando estaba tratándola de esa forma–. Y si no puedes respetar eso... si no puedes respetarme a mí, me temo que es tu problema, no el mío.

Chloe levantó la barbilla, desafiante, mordiéndose los labios para evitar que le temblasen mientras intentaba pasar a su lado. Pero Lorenzo sujetó su brazo.

—Ve a tranquilizarte un poco si quieres —le dijo—. Pero no tardes mucho. Después de todo, eras tú quien no quería ser grosera con nuestros invitados.

Chloe miró por encima de su hombro. Había olvidado dónde estaba y fue una sorpresa ver que la fiesta seguía en todo su apogeo.

Sintió una ola de náuseas al preguntarse si alguien los habría visto discutir. Pero nadie estaba mirando.

—No hay testigos, lo cual es una suerte —las palabras de Lorenzo eran desdeñosas, pero eso no enmascaraba el tono amenazador— porque no voy a tolerar más faltas de respeto. Ni voy a permitir que me avergüences de ninguna manera.

Chloe lo miró, de repente incapaz de reconocer al hombre del que se había enamorado. Abrió la boca para responder, para decirle que *ella* no toleraría ese comportamiento, pero antes de que tuviese oportunidad de hablar Lorenzo se dio la vuelta.

Y se quedó donde estaba, mirándolo. Nunca había podido apartar la mirada cuando Lorenzo entraba en una habitación. Su presencia era como un imán.

Incluso ahora, después de lo que había pasado, no pudo dejar de mirar hasta que lo perdió de vista. Pero como la puerta de su estudio estaba cerrada de inmediato supo lo que debía hacer. Tenía que alejarse de él, tan rápido como fuera posible.

Diez minutos después, Chloe vaciló en la puerta de su dormitorio, mirando el precioso vestido de novia tendido sobre la cama. Se había sentido como una princesa con ese vestido. O tal vez como Cenicienta yendo al baile. Pero había descubierto de la peor manera posible que Lorenzo no era el príncipe azul.

Tembló al recordar su expresión cuando le declaró su amor y se tapó la cara con las manos, intentando apartar el recuerdo de su fría mirada mientras aplastaba todas sus esperanzas. Le había roto el corazón y la había humillado.

Por primera vez se alegraba de que nadie de su familia hubiera podido ir a la boda. Su madre y su hermana estaban demasiado ocupadas organizando su nueva vida en Australia y, como Chloe había decidido no ir con ellas, era casi como si se hubieran olvidado de que existía.

Y, por supuesto, su padre no estaba allí. Ni siquiera sabía dónde estaba o si seguía vivo.

Chloe respiró profundamente para darse fuerzas. Había pensado que aquél sería el día más feliz de su vida, pero Lorenzo la había despertado bruscamente de ese sueño. Tendría que darse prisa si quería escapar de allí sin que la viera. Y, en aquel momento, lo único que deseaba era estar lo más lejos posible de Lorenzo Valente.

Después de ponerse un gorro de piel falsa para cubrir su pelo y oscurecer su cara en lo posible, levantó el cuello del abrigo y se dirigió a la amplia escalera que llevaba a la puerta principal del *palazzo*.

Sabía que habría muchas góndolas en la entrada del Gran Canal esperando llevar a los invitados de vuelta a sus hoteles después del banquete y necesitaba transporte para llegar al aeropuerto lo antes posible. No había mucho tiempo antes de que el último avión saliera de Venecia esa noche.

Disfrazada bajo capas de ropa, no parecía la bajita novia rubia que había llegado ese día radiante de felicidad después de la ceremonia y esperaba con todo su corazón que nadie la reconociese. No podría soportarlo si el equipo de seguridad de Lorenzo la llevaba de vuelta a casa... a Lorenzo.

Chloe suspiró mientras subía al taxi-góndola y le pedía que la llevase al aeropuerto Marco Polo. Un viento helado que parecía llegar directamente de los Dolomitas la atravesó y la hizo temblar por fuera y por dentro.

Esa tarde, los copos de nieve le habían parecido maravillosamente románticos. Ahora el tiempo le parecía frío y cruel.

Logró salir del *palazzo* sin que la vieran e iba de camino al aeropuerto, pero las ventanas del taxi-góndola estaban cubiertas de vaho y como no podía ver nada el movimiento la estaba poniendo enferma.

De repente, la noche le parecía impenetrable, un muro negro e inseguro sin monumentos reconocibles. Y su corazón estaba rompiéndose en un millón de fragmentos iguales a los copos de nieve que caían del cielo para ser tragados por las aguas negras del canal.

Lorenzo estaba en el balcón, mirando la tormenta de nieve con un enfado tan negro como la noche.

La nieve caía con tal fuerza que las luces de los edificios del otro lado del Gran Canal no eran más que reflejos y no había manera de ver a diez metros de distancia.

Aunque no había nada que ver. Chloe se había ido.

Había tomado un avión para marcharse de la ciudad esa misma noche y el mal tiempo hacía imposible que la siguiera... ni siquiera en su jet privado.

Lorenzo soltó una palabrota, agarrándose a la balaustrada con dedos tan fríos y duros como la piedra.

Él sabía dónde había ido, estaba casi seguro. A casa de su mejor amiga, Liz, en un pueblecito al sur de Londres. Pero, como precaución, tenía gente esperando en la puerta del aeropuerto de Gatwick para confirmar su destino.

No era un viaje largo. De hecho, seguramente ya estaría cerca.

Lorenzo levantó un brazo automáticamente para mirar el reloj y volvió a soltar una palabrota al ver que tanto el reloj como la manga de la chaqueta estaban cubiertos de nieve.

Furioso, se volvió abruptamente para entrar en el dormitorio, apartando la nieve con manotazos impacientes. Pero ya se estaba derritiendo con el calor de su cuerpo, de modo que se quitó la chaqueta.

Y se quedó inmóvil al ver el vestido de novia de Chloe abandonado sobre la cama. Su corazón empezó a latir violentamente dentro de su pecho...

¿Cómo se atrevía a abandonarlo así?

¿Cómo se atrevía a salir huyendo en medio de la noche?

Romper su matrimonio no era una decisión que pudiera tomar por capricho, sencillamente porque él había aplastado ese ataque de romanticismo.

Pero eso ya no importaba. No sabía si su declaración de amor había sido genuina o una trampa calculada. O si no era más que algo que había despertado la ceremonia y el banquete. Daba lo mismo, al escapar de allí había sellado su suerte. Su matrimonio estaba roto.

Lorenzo tomó el vestido y se encontró recordando lo guapa que estaba Chloe con él puesto.

Había pasado gran parte de la tarde imaginando cómo iba a quitárselo...

De verdad había creído que sería una buena esposa y una buena madre para sus hijos. Pero su unión había terminado antes de que empezase.

Entonces recordó algo y tuvo que apretar los puños, sin darse cuenta de que estaba aplastando la tela entre los dedos. No era la primera vez que alguien escapaba del *palazzo*. Pero nadie volvería a hacerlo nunca más.

Lorenzo miró la delicada seda blanca y luego, con un abrupto movimiento, la tiró salvajemente hacia el balcón.

Se quedó de pie, mirando un momento el vestido, obligándose a sí mismo a respirar pausadamente y haciendo un esfuerzo sobrehumano para que su corazón latiese de manera controlada.

El vestido ya no podía distinguirse de la nieve que había caído sobre el suelo de piedra del balcón. Y si no dejaba de nevar pronto estaría cubierto por completo.

Furioso, se dio la vuelta y salió de la habitación.

Capítulo 2

Tres meses después

Era un precioso día de mayo. El sol brillaba, los pájaros cantaban sobre las ramas de los árboles... y Chloe estaba frente a la tumba de su mejor amiga con una niña huérfana en los brazos.

Resultaba casi imposible creerlo, pero era cierto. Liz, la madre de Emma, ya no estaba con ellas.

Había tenido tres meses para hacerse a la idea de que su querida amiga estaba perdiendo la batalla contra el cáncer, pero aun así su muerte había sido una horrible sorpresa.

Aquella fría noche de febrero, cuando volvió de Venecia, había ido directamente a casa de Liz, en el pueblo. Estaba desesperada por ver a su amiga y contarle lo que le había pasado con Lorenzo. Pero lo que necesitaba sobre todo era buscar el consuelo de su compañía.

Sin embargo, en cuanto abrió la puerta, Chloe se dio cuenta de que ocurría algo. El cáncer que llevaba meses en remisión había vuelto.

Liz no había querido contárselo para no estropear el que debería ser el momento más feliz de su vida, el día de su boda. Pero lo más descorazonador era que la enfermedad había progresado hasta el punto de que los médicos ya no podían hacer nada.

Chloe miró a la niña que tenía en brazos, sintiéndose helada y vacía. El sol del mes de mayo no era capaz de calentarla y, en ese momento, pensó que jamás volvería a hacerlo.

–¿Estás bien, cariño?

Chloe notó la preocupación en la voz de Gladys, la amable vecina de Liz, que había sido un apoyo increíble durante las últimas semanas. Había intentado animarla en los peores momentos y se había ofrecido a cuidar de la niña para que Chloe pudiese acompañar a Liz en el hospital.

Chloe se volvió, intentado que su sonrisa pareciese convincente, aunque sabía que no era fácil engañar a Gladys.

–Estoy bien, sí.

–Ha sido un funeral precioso. Los versículos de la Biblia que Liz quiso que leyeses eran muy bonitos.

Chloe asintió con la cabeza, intentando controlar el nudo que tenía en la garganta. El funeral le había parecido insoportable. El dolor de perder a su mejor amiga seguía siendo intolerable.

Liz era demasiado joven para morir y Emma era demasiado pequeña para perder a su madre.

–Si de verdad estás bien, me voy a casa. Deben estar esperándome allí.

–Gracias por invitar a todo el mundo a tomar un té –dijo Chloe. Había sido un detalle por parte de Gladys ofrecerse a recibir a los invitados después del funeral porque ella no tenía fuerzas para hacerlo.

–Es lo mínimo que podía hacer. Tú estás ocupada con Emma y ya has hecho demasiado.

–Sólo he hecho lo que hubiera hecho todo el mundo.

–No, no todo el mundo –sonrió Gladys–. Tú cuidaste de tu amiga en los momentos más difíciles y ahora estás cuidando de su hija. Liz era muy afortunada por tener una amiga como tú.

Chloe apretó los labios para controlar la emoción. Sabía que Gladys lo hacía con buena intención, pero en ese momento era difícil pensar que Liz hubiera sido afortunada en absoluto. La pobre había sufrido tanto... y sólo para que el cáncer le quitase la vida al final.

–Nos vemos dentro de un rato –murmuró, abrazándola.

Luego, cuando la anciana se dio la vuelta, dejó escapar un suspiro de alivio. Necesitaba estar sola.

No podía soportar la idea de encerrarse en el saloncito de Gladys, con la gente del pueblo dándole el pésame. Liz no tenía parientes cercanos y nadie sabía dónde estaba el padre de Emma porque en cuanto descubrió que Liz estaba embarazada no había querido saber nada de ella. Incluso se atrevió a insinuar que él no podía ser el padre.

–Todo saldrá bien, Emma –susurró, besando la carita de la niña–. Nos tenemos la una a la otra.

De repente, la imagen de Lorenzo apareció en su cabeza. Tres meses antes había pensado que iba a embarcarse en la más maravillosa aventura de su vida: casarse y tener hijos con el guapísimo Lorenzo Valente. Pero todo había cambiado.

No había vuelto a saber nada de él desde la noche que se marchó de Venecia y eso le dolía más de lo que quería admitir. Sabía que era poco realista esperar que la siguiera para decirle que estaba equivocado, que la amaba...

Pero eso era lo que había deseado.

Tampoco ella se había puesto en contacto con Lorenzo. Entre otras cosas, porque estaba demasiado ocupada cuidando de Liz y Emma. Y, si era absolutamente sincera, no habría sido capaz de enfrentarse con él.

En el fondo sabía que se había portado mal al salir huyendo sin decir nada, pero había sido una reacción instintiva al descubrir que Lorenzo veía su matrimonio como un acuerdo práctico y sin amor. El abrumador deseo de protegerse, de salvarse a sí misma, la había hecho huir. Porque para proteger su corazón debía alejarse de él.

Y, sin embargo, ahora tenía que ponerse en contacto con Lorenzo.

Primero, para contarle su intención de adoptar a Emma. Aún seguían oficialmente casados y eso podría ser una complicación en el proceso legal. Y, además, debía hablarle sobre un dinero que se había visto obligada a sacar de la cuenta que Lorenzo había abierto a su nombre antes de la boda. Era una cantidad muy pequeña, insignificante para un multimillonario, pero lo conocía tan bien como para saber que no le pasaba desapercibido ningún detalle, incluso el más pequeño.

Se lo devolvería en cuanto le fuera posible. No quería nada de él y cuanto antes lo solucionase antes podría dejar atrás aquel triste episodio de su vida y seguir adelante, forjándose un futuro para Emma y para ella.

Un escalofrío recorrió su espalda al pensar en volver a verlo, pero cerró los ojos y apretó la cara contra la de Emma.

–No voy a pensar en eso ahora –murmuró. Le había prometido a Liz que sólo pensaría cosas alegres, pero en ese momento era una promesa difícil de cumplir.

Suspirando, se acercó a un banco de madera bajo un almendro en flor. La hierba estaba cubierta de delicadas flores rosadas que le recordaban al confeti que lanzaron el día de su boda.

Y, de repente, un sollozo escapó de su garganta. Hacía un día precioso, pero su mejor amiga no es-

taba allí para compartirlo con ella. Y no estaría nunca
más.

Lorenzo Valente conducía el descapotable con
natural facilidad, cambiando de marcha cuando
tomaba una curva. Era una bonita tarde del mes
de mayo y el sol era sorprendentemente cálido
mientras recorría la carretera de la Inglaterra ru-
ral.

Pero, aunque normalmente disfrutaba conduciendo, su expresión no era precisamente de alegría. Estaba pensando en la trampa que Chloe le
había tendido.

Pocas cosas lo sorprendían. Había aceptado el
hecho de que haber nacido en una familia rica y
haber multiplicado su fortuna lo convertía en el objetivo de varios tipos de parásitos buscavidas.

Jamás pensó que Chloe quisiera robarlo, pero
era una cosa más por la que hacerle pagar.

Sus fuertes dedos se aferraron al volante mientras apretaba los dientes, furioso.

Un minuto después llegaba al diminuto pueblo
y tomaba el camino que llevaba a la iglesia. Una
vez allí, detuvo el coche a corta distancia de la valla y esperó a que la gente que salía pasara a su
lado.

Sabía que aquel día estaban celebrando el funeral de su amiga. Siempre estaba informado de las
actividades de Chloe desde que lo abandonó.

Y, de repente, vio una figura vestida de gris cruzando el patio de la iglesia para dirigirse al pequeño cementerio que había detrás.

Era Chloe.

Lorenzo experimentó una extraña sensación en la boca del estómago y su corazón empezó a latir más deprisa mientras salía del coche, ignorando las miradas de curiosidad de los vecinos. Sólo tenía ojos para Chloe.

Ella no lo vio acercarse. Estaba completamente inmóvil en un banco bajo un almendro, totalmente desolada, sujetando a una niña en brazos.

Lorenzo estaba a punto de decir algo, pero vaciló, sintiendo una desacostumbrada punzada de inseguridad. Chloe tenía los ojos cerrados y estaba llorando, las lágrimas rodando por su rostro.

El dolor por la muerte de su amiga era algo tan íntimo que acercarse en aquel momento sería una intromisión.

Pero de repente ella abrió los ojos y lo miró, con cara de sorpresa.

–Lorenzo –murmuró. Las lágrimas hacían que sus ojos verdes brillasen como nunca bajo la luz del sol y su pálida piel parecía casi transparente–. Dios mío, no puedo creer que estés aquí.

Que hubiese pronunciado su nombre con tal sentimiento hizo que sintiera una inesperada ola de emoción. Le habría gustado alargar la mano y acariciar su mejilla, pero en lugar de eso apretó los brazos firmemente a los costados.

–¿De verdad? –le espetó, sabiendo que su tono era exageradamente brusco. Sobre todo después de haberla visto llorando. Pero la intensidad de su reacción lo había pillado por completo desprevenido. Él no estaba acostumbrado a verse afectado por las emociones de otros–. Pensé que robándome dinero tu intención era volver a verme.

–El dinero... ¿es por eso por lo que estás aquí?

Chloe lo miró, con el pulso acelerado. Tenía un aspecto tan fuerte, tan vibrante. Y, a pesar de todo, era la persona a la que más quería ver en ese momento.

Por un segundo había querido creer que tal vez estaba allí porque sabía que lo necesitaba... porque sabía lo triste y lo sola que se encontraba. Había imaginado que sabría dónde estaba desde que se marchó de Venecia porque la información era moneda de cambio para Lorenzo Valente.

–¿Qué otra razón podría haber? –le preguntó él.

Chloe respiró profundamente, intentando contener una irracional desilusión. En realidad sabía que si le hubiese importado en absoluto habría ido a verla mucho antes.

–Voy a devolverte el dinero –le dijo–. Pero es que lo necesitaba urgentemente.

–¿Para qué? ¿Qué era tan urgente que no has podido esperar? ¿Qué era tan importante que has tenido que tomar mi dinero inmediatamente y sin permiso?

–Tenía que pagar el entierro de Liz –respondió ella, incapaz de creer lo frío y seco que era–. Ya no me quedaba dinero en el banco y mis tarjetas de crédito están al máximo. Llevo varios meses sin trabajar porque he estado cuidando de Liz y...

Chloe se detuvo abruptamente, pensando que había hablado demasiado. El estado de su economía no era asunto de Lorenzo.

Había sido una sorpresa encontrarse cara a cara con él, pero Lorenzo no tenía el menor interés por ella; sólo le interesaba lo que creía que le había robado.

¿De verdad había ido hasta allí por una ridícula cantidad de dinero?

–He usado ese dinero para pagar el funeral y el entierro de Liz –añadió.

Ni siquiera Lorenzo Valente sería tan duro de corazón como para no entenderlo.

–Deberías habérmelo pedido –dijo él.

–No tenía que pedírtelo, la cuenta estaba a nombre de los dos. Yo nunca he querido tu dinero, pero no voy a pedirte disculpas porque volvería a hacerlo. Liz merecía un entierro apropiado.

Lorenzo vio la inseguridad que intentaba esconder bajo esa coraza de valentía. Sabía que lo estaba pasando mal y, a pesar de sí mismo, tuvo que aceptar que tenía razón.

Aquello no era lo que había esperado cuando se casó con Chloe, que tres meses después de su boda se encontrasen por primera vez en un cementerio inglés para discutir por los gastos del entierro de una extraña.

La había elegido como esposa porque había pensado que era una persona de confianza, estable, sensata, como lo había sido cuando era su ayudante en la oficina. Quería que su matrimonio fuese un acuerdo entre los dos, algo sin complicaciones. Nada que ver con el a menudo histérico y desagradable escenario que había visto cuando era pequeño, mientras su padre se casaba una y otra vez con mujeres que no le convenían.

Pero nada había salido como esperaba. Chloe lo había dejado y no había vuelto a ponerse en contacto con él... ni siquiera cuando tuvo problemas económicos.

–Eres demasiado orgullosa como para ponerte en contacto conmigo –le dijo–. Has preferido robar el dinero antes que llamarme.

Chloe dejó escapar un suspiro de resignación, mirándolo a los ojos.

–Pensé que no me darías el dinero si te lo pedía, que congelarías la cuenta o algo así. Y *necesitaba* ese dinero. Tú no conociste a Liz, sólo la viste un par de veces.

Lorenzo arrugó el ceño mientras miraba a la niña que tenía en brazos.

–¿Qué clase de hombre crees que soy? –le espetó entonces, levantando la voz–. ¿De verdad crees que soy tan mezquino como para no ayudarte a pagar el entierro de tu amiga?

Chloe lo miró con unos ojos que parecían demasiado grandes para su cara, tan sorprendida como la niña que tenía en brazos, que había levantado la cabecita.

–No lo sé –contestó por fin, insegura–. Nos casamos, pero parece que no te conozco en absoluto.

–¿Cómo que no?

–Mira, no voy a discutir ahora. Seguramente Emma tendrá hambre. Ha sido una tarde muy larga y debo volver a casa.

Parecía pequeña y frágil sentada allí, con un traje gris que le quedaba ancho. El color la hacía parecer muy pálida y su pelo rubio caía sin forma hasta sus hombros.

Al lado de la hierba verde y las flores rosadas del almendro tenía un aspecto triste, casi como si hubiera salido de una película en blanco y negro.

Aquél no era su sitio, no podía serlo.

La rabia de Lorenzo se esfumó entonces. Tenía que sacarla de allí. Era imposible hablar con ella en un cementerio.

–Iremos juntos a buscar lo que necesites. Y luego vendrás conmigo.

Chloe lo miró, sorprendida. No había esperado que empezase a dar órdenes... aunque así era como Lorenzo estaba acostumbrado a comportarse con todo el mundo. Y así había sido con ella también antes de que empezasen una relación.

–Sé que estás enfadado conmigo –le dijo–, pero no puedes darme órdenes como si fueras mi jefe porque ya no lo eres. Ya no trabajo para ti.

–No, eres mi mujer –replicó él, su tono dejando claro que eso no lo hacía precisamente feliz–. Y vas a venir conmigo.

–Que sea tu mujer tampoco te da derecho a darme órdenes –le recordó Chloe–. Además, ahora tengo a Emma.

–¿Y su padre? –preguntó Lorenzo, estudiando a la niña con el ceño fruncido.

–Nunca quiso saber nada de ella. Ahora yo soy lo único que tiene en el mundo.

Una expresión que Chloe no pudo descifrar oscureció las facciones masculinas.

–Vamos –le dijo, tomándola del brazo.

Al notar el roce de su mano Chloe sintió algo así como una descarga eléctrica. Dejando escapar un gemido, miró automáticamente sus largos dedos, morenos y vitales comparados con la triste tela gris de la chaqueta.

Su corazón empezó a latir a toda velocidad y en ese momento sintió que la apatía con la que había vivido durante los últimos tres meses empezaba a desaparecer.

Se le contagiaba su fuerza, el calor de su atlético cuerpo y se encontró a sí misma atraída hacia él, como una flor abriéndose bajo el sol.

Se había sentido tan sola durante esos meses y de repente se encontraba anhelando sentir sus fuertes brazos alrededor... anhelando apretarse contra el sólido torso masculino.

Se dio cuenta entonces de que Lorenzo se había quedado inmóvil. Y supo, incluso sin mirarlo, que había notado su reacción.

Una campanita de alarma sonó en su cerebro. No podía dejar que Lorenzo viese lo vulnerable que se sentía en aquel momento, cuánto necesitaba su consuelo. Siempre había sido capaz de leerla como un libro abierto y en aquel momento sus defensas estaban más bajas de lo habitual.

—No pienso ir ningún sitio contigo —le dijo, intentando soltarse.

Pero Lorenzo no la soltaba y con Emma en brazos era imposible luchar.

—Tenemos cosas que discutir —insistió.

Chloe negó con la cabeza. No quería hablar con él. Y definitivamente no quería mirar esos perceptivos ojos.

Tenía la horrible impresión de que se delataría si lo hiciera, que le dejaría ver sus emociones, cuánto deseaba su presencia.

Aquel día había sido demasiado doloroso y pensar que pudiera irse y dejarla sola otra vez, de repente le parecía insoportable. Pero no iba a admitir eso delante de Lorenzo.

—Que me abandonases el día de nuestra boda dejó claro que ya no estás contenta con el acuerdo —dijo él, levantando su cara con un dedo.

El roce de sus dedos la hizo temblar, pero intentó apartarse.

–No sabía que tuviéramos un *acuerdo* –replicó, con el corazón acelerado. Sus palabras eran un triste recordatorio del desastroso error que había cometido al casarse con Lorenzo, al pensar que significaba algo para él.

–Sí, lo teníamos –afirmó Lorenzo–. Y por eso tenemos que hablar. No habrá más malentendidos entre nosotros.

Capítulo 3

CHLOE, en la limusina de Lorenzo, se alejaba del pueblo en el que había vivido durante los últimos tres meses.

El chófer de la limusina había ido a buscarlos y otro conductor se encargaría de llevar al descapotable a su destino, aunque Chloe aún no sabía cuál era.

El sol seguía brillando en el cielo y la carretera estaba flanqueada por arbustos, matojos de perejil de monte y zarzas, pero Chloe no veía nada.

Miraba por la ventanilla esperando que eso calmara sus nervios, pero tenía un nudo en el estómago. No podía mirar a Lorenzo porque aún estaba desconcertada sobre sus sentimientos por él.

Todo lo que había creído sobre su relación era falso. Lorenzo no la quería, lo único que deseaba era una esposa de conveniencia.

Pero había aparecido de repente y su cuerpo y su alma respondían con una intensidad que la sorprendió. Era como si su mente no tuviera ninguna influencia en sus sentimientos por él. Incluso como si la terrible revelación del día de su boda no hubiera tenido lugar.

–Imagino que tu amiga no tenía parientes cercanos –la voz de Lorenzo sobresaltó a Chloe, que se volvió hacia él sintiendo que su pulso se aceleraba un poco más al encontrarse con sus ojos azules–. ¿No tenía a nadie?

–No, no tenía a nadie –contestó ella mirando a Emma, que estaba dormida en su sillita de seguridad–. De ese modo el proceso de adopción será más sencillo. Era lo que Liz quería... y lo que yo quiero también.

–La adopción es un compromiso muy serio. Y un acuerdo legal que te atará a esa niña de por vida –dijo Lorenzo–. ¿No se te ha ocurrido que sería apropiado discutir tus intenciones con tu marido?

Chloe vio que miraba a Emma con el ceño fruncido y se dio cuenta de que nunca lo había visto con un niño. Estaba mirando a Emma como si fuera un extraterrestre que, de alguna forma, se había colado en el coche.

Ella sabía que Lorenzo quería tener hijos; lo habían hablado cuando le pidió que se casara con él. Pero ahora, a juzgar por su expresión, no estaba tan segura. Tal vez sólo quería hijos para que heredasen su fortuna y continuasen su apellido.

Chloe siempre había querido ser madre y ahora tenía una niña a la que cuidar. No era como ella hubiese querido, pero cuando le prometió a Liz que adoptaría a Emma sabía que la niña era el mejor regalo de despedida que su amiga había podido dejarle.

–No tienes que preocuparte –le dijo, sintiéndose instintivamente protectora–. La adopción no te afectará en absoluto.

–¿Cómo que no? –replicó él–. Estamos casados. Imagino que el juez estará interesado en ese detalle, aunque tú creas que puedes actuar por tu cuenta.

–Sólo estoy intentando hacer lo que debo para que Emma sea feliz. Mi promesa de adoptar a la niña no tiene nada que ver contigo.

Los ojos azules de Lorenzo se clavaron en ella y, de repente, el aire se cargó de tensión.

Chloe tragó saliva al darse cuenta de lo enfadado que estaba porque había tomado la decisión sin contar con él. Seguramente estaría pensando en cómo lo afectaría la adopción y si tendría o no responsabilidad hacia la niña.

–No vas a evitar que lo haga –le dijo–. Nada evitará que adopte a Emma. Y nadie me la quitará nunca.

Pero en ese momento se dio cuenta de que Lorenzo también estaba involucrado. Y hasta que se divorciasen, podría tener cierta influencia en el proceso de adopción.

–Lucharé por Emma –añadió, mirándolo a los ojos, totalmente decidida. Su corazón latía enloquecido dentro de su pecho, pero no iba a apartar la mirada. No iba a dejarse ganar porque Emma era demasiado importante.

–Ya hemos llegado.

La voz de Lorenzo rompió el silencio y Chloe

dejó escapar un suspiro, volviéndose para ver dónde estaban. Le había dicho que iban a un sitio donde podrían hablar y ella no le había hecho ninguna pregunta porque quería alejarse de la casa de Liz, que tantos recuerdos tristes tenía. De modo que había guardado un par de cosas en una bolsa de viaje, diciéndose a sí misma que tenía razón, aún había cosas que debían resolver.

–¿Dónde estamos? –le preguntó mientras el coche atravesaba un impresionante arco de piedra. La verja de hierro forjado se cerró silenciosamente tras ellos y Chloe se encontró frente a una moderna casa en medio de un enorme jardín–. ¿De quién es esta casa?

–Iba a ser tu regalo de boda –contestó Lorenzo–. Pero te fuiste antes de que pudiese hablarte de ella.

Chloe parpadeó, sorprendida. Sabía que debería decir algo, pero se había quedado sin palabras.

Lorenzo ya había bajado del coche, de modo que se inclinó para desabrochar el cinturón de Emma, pero antes de que pudiera moverse él metió la cabeza en la limusina y sacó la silla de seguridad.

Chloe lo siguió al interior de la casa. Experimentaba una sensación rara al ver a Lorenzo con Emma. Estaba claro que lo hacía con cuidado, pero parecía como si llevase una cesta de la compra en lugar de un bebé.

De repente, esa idea la hizo reír. No podía imaginar a Lorenzo Valente con una bolsa de la compra en la mano y tuvo que morderse los labios para contener la risa.

Pero luego, tan rápido como había aparecido, la risa desapareció y se encontró siguiéndolo por un largo pasillo hasta un salón con las paredes de cristal desde las que se podía ver un fabuloso jardín.

Lorenzo dejó la sillita de Emma sobre una alfombra de color crema y se volvió para mirarla.

–Chloe, te presento a la señora Guest, el ama de llaves –le dijo, señalando a una señora de mediana edad que acababa de entrar tras ellos–. Señora Guest, le agradecería que atendiese a mi esposa. Ayúdela a instalarse con la niña... ella le pedirá todo lo que necesite.

Luego, sin volver a mirarla, Lorenzo se dio la vuelta y salió del salón.

Lorenzo se dirigió al estudio, la tensión agarrotando sus músculos, cerró la puerta tras él y aflojó el nudo de la corbata porque de repente no tenía aire suficiente.

Sólo un par de horas con Chloe y ya estaba perdiendo el control.

Había ido a Inglaterra para dar por terminado su matrimonio... pero no hasta que se hubiera vengado de Chloe por lo que había hecho.

En teoría sería fácil retomar el control de la situación. Había visto cómo respondía cuando la tocaba y sabía que necesitaba consuelo.

Y eso era exactamente lo que pensaba hacer. Después, cuando hubiera visto a qué le había dado la espalda, cómo podría haber sido su vida, cortaría la relación sin la menor piedad.

Su plan era perfecto.

Pero la deseaba con una fuerza que hasta a él mismo lo sorprendía; un deseo tan abrumador que amenazaba su buen juicio.

Incluso ahora podía sentir ese fuego quemándolo por dentro, haciendo que la desease como un hombre desesperado. Tres meses eran mucho tiempo porque, aunque había considerado su matrimonio sólo un arreglo de conveniencia, no había vuelto a acostarse con ninguna otra mujer.

Nadie había llamado su atención en todo ese tiempo, ninguna mujer había despertado su deseo como lo despertaba Chloe.

Cuando la vio sentada en ese banco del cementerio, el deseo de aplastarla entre sus brazos y buscar sus labios había sido casi irresistible.

En lo único que podía pensar era en hacerle el amor.

Pero no podía ser. No dejaría que su deseo enturbiase su buen juicio. Chloe ya había causado suficientes problemas. Se acostaría con ella y se olvidaría, pensó, de una vez por todas.

Pero, en el fondo de su corazón, Lorenzo sabía que una vez no sería suficiente.

Chloe estaba en el dormitorio, frente a una ventana que llegaba del techo al suelo, admirando la fantástica vista de las colinas verdes. Era un sitio precioso y exactamente el tipo de casa en el que había soñado vivir algún día. Le recordaba a una que había visto y de la que se había enamorado cuando era pequeña. Y estaba segura de que Lorenzo debía recordar que se lo había contado.

El edificio era moderno, de líneas sencillas y habitaciones espaciosas con enormes ventanales que daban al jardín y al bosquecillo que rodeaba la casa.

Era un regalo de boda increíble. No por su valor económico sino porque Lorenzo la había elegido personalmente para ella en respuesta a un sueño infantil que nunca hubiera esperado ver cumplido.

Pero ahora que estaba allí casi deseaba que Lorenzo la hubiese llevado a un hotel porque no sabía cómo interpretar la compra de esa casa. Estaba tan cerca del pueblo que no podía ser una coincidencia. Y si se la hubiera regalado antes de la boda habría visto ese gesto, que comprase una casa tan cerca de la de Liz, como una señal de amor. Ahora sólo estaba horriblemente desconcertada.

Chloe levantó la barbilla y se sacudió el pelo de la cara, intentando apartar de sí esos pensamientos. En lo único que debería pensar era en asegurar el futuro de Emma iniciando de inmediato el proceso de adopción. Por la reacción de Lorenzo quedaba claro que estaba furioso porque no le había informado de sus intenciones y debía ir con cuidado. No haría nada que pusiera en peligro la adopción.

Un golpecito en la puerta interrumpió sus pensamientos, pero era la señora Guest, dispuesta a cuidar de la niña mientras ella iba a hablar con Lorenzo en su estudio.

Con un nudo de angustia en el estómago, Chloe hizo lo posible por sonreír a la amable mujer.

–Gracias por quedarse con Emma –murmuró, mirando a la niña que dormía en el moisés que el marido de la señora Guest había colocado en la habitación–. Normalmente no se despierta una vez que se ha quedado dormida, pero es una casa tan grande que me preocupaba no oírla si lloraba.

–El monitor llegará mañana, pero yo siempre estaré encantada de quedarme con ella.

–Gracias –dijo Chloe, preguntándose cuánto tiempo esperaría la señora Guest que se quedasen allí y si Lorenzo le habría dado alguna indicación–. Es usted muy amable.

Después de salir del dormitorio se dirigió al estudio de Lorenzo, con el corazón encogido de aprensión.

En el pasado siempre había estado deseando verlo. Durante los dos años que fue su ayudante siempre estaba esperando alguna reunión que los hiciera viajar juntos, por ejemplo. Luego, cuando su relación se volvió personal, pasaba cada minuto soñando con verlo fuera de la oficina.

Pero todo eso había cambiado.

La forzada espera para verlo la había puesto nerviosa y mientras bajaba por la escalera se pasó las manos por las perneras del pantalón, deseando no haberse puesto unos vaqueros y una camiseta. Pero el traje gris era de Liz y había querido quitárselo cuanto antes porque la entristecía.

De repente, Lorenzo apareció en la puerta del estudio. Sus ojos azule se clavaron en Chloe inmediatamente, poniéndola aún más nerviosa. Pero ese nerviosismo pronto se convirtió en una punzada de deseo.

Tenía un aspecto absolutamente magnífico, el epítome de la masculinidad y el magnetismo animal. Alto y fuerte, sus anchos hombros harían volver la cabeza a cualquier mujer.

Pero era mucho más que su aspecto físico lo que causaba tal impacto; era la fuerza de su personalidad, a pesar de estar absolutamente inmóvil, con una expresión indescifrable.

Chloe respiró profundamente y se obligó a sí misma a seguir bajando la escalera.

—Entra, por favor —dijo él, apartándose un poco para dejarla pasar—. Aún tenemos muchas cosas que discutir.

El estudio era otra impresionante habitación con puertas correderas que daban a un estanque rodeado de altos setos.

Pero Chloe sólo podía mirar a Lorenzo mientras entraba tras ella. Se sentía diminuta a su lado, especialmente llevando zapatos planos. Por un momento deseó de nuevo no haberse quitado el traje de chaqueta... pero enseguida apartó ese pensamiento.

Podía ser pequeña, pero era una mujer fuerte y no iba a dejarse abrumar por Lorenzo. Había sufrido mucho durante los últimos tres meses y aquella conversación era otro obstáculo que debía saltar, de modo que lo mejor sería empezar cuanto antes. Y en sus propios términos.

–Siento mucho no haberte contado nada sobre la adopción de Emma –le dijo, aprovechando la oportunidad de hablar la primera–. Entiendo que eso te haya disgustado, pero no tiene por qué afectarte en absoluto.

–Pues claro que me afectará. Estamos casados.

Lorenzo la miraba, impaciente consigo mismo. Su cuerpo ya estaba respondiendo a la proximidad de Chloe, tal vez porque estaba muy sexy con esos vaqueros. Pero, por primera vez, se dio cuenta de que no se parecía a la mujer con la que se había casado tres meses antes. Tenía un aspecto absolutamente diferente. Parecía cansada y tenía ojeras, pero eso era comprensible.

El pelo rubio caía sobre sus hombros como una cortina desigual con tendencia a caer hacia delante y taparle la cara. Además, llevaba ropa usada y esos zapatos planos habían visto días mejores.

Estaba más delgada que antes, pero lo que le pareció realmente desconcertante fue el cambio en su actitud. Se había portado mal con él al abandonarlo sin decir una palabra y, aunque acababa de ofrecerle una disculpa, tenía los hombros resueltamente erguidos y la barbilla levantada en gesto de desafío.

–No, no tiene por qué afectarte. Si pedimos el divorcio antes de que empiece con los documentos de la adopción, tú no tendrás nada que ver.

Lorenzo no podía creer lo que estaba escuchando. Chloe lo había abandonado el día de su boda sin mirar atrás y ahora tenía la audacia de decirle aquello.

Era inaceptable. Él no iba a tolerar que le dijera que su matrimonio estaba roto.

–No –el monosílabo salió de sus labios como una bala–. No habrá divorcio.

–¿Por qué no? –exclamó ella, incrédula–. Después de todo lo que ha pasado pensé que era lo que querías.

–No es lo que yo quiero –dijo Lorenzo–. Una larga lista de matrimonios rotos es precisamente lo que quiero evitar.

–Un divorcio no es una larga lista de matrimonios rotos –le recordó ella–. Además, el nuestro no ha sido un matrimonio en realidad. Sólo estuvimos juntos durante unos horas después de la ceremonia y entonces descubrí que tú no... –Chloe vaciló, buscando unas palabras que era demasiado doloroso pronunciar. El recuerdo de Lorenzo diciendo que no deseaba su amor la había perseguido cada día durante esos tres meses–. Tuve que irme, es así de sencillo. Y probablemente sería más fácil conseguir una anulación que un divorcio.

En cuanto lo hubo dicho vio una mezcla de poderosas emociones en el rostro de Lorenzo, pero antes de que tuviese oportunidad de reaccionar él dio un paso adelante para tomarla por los hombros.

–Puede que no hiciéramos el amor en nuestra noche de bodas, pero eso no significa que nuestra unión no haya sido consumada.

La corriente sexual que había entre ellos parecía restallar en el aire, haciendo que le costase pensar, pero Chloe sabía que sólo era eso, sexo.

–Nunca hemos hecho el amor –le dijo, intentando apartarse. Aunque en su mente acababan de aparecer imágenes de las muchas noches que había pasado entre sus brazos–. Ése es el problema. Yo pensé que significaba algo para ti, que lo que había entre nosotros era real, pero no era nada. Me engañaste para que me casara contigo, Lorenzo. Y sólo por eso el juez me dará la anulación.

–Nunca fue un engaño –dijo él, sus expresivas cejas unidas en el centro de su frente con gesto amenazador.

Por un momento, Chloe casi había esperado que la besara... y de manera increíble deseaba que lo hiciera.

–Bueno, evidentemente no significó lo mismo para mí que para ti –le dijo, cuando por fin logró apartarse.

Se quedó donde estaba, mirándolo a los ojos, sabiendo que aún estaba lo bastante cerca como para tocarla. Y saber eso hizo que le ardieran las mejillas.

Estaba pendiente de él, cada centímetro de su

piel temblando de deseo por sentir el roce de sus manos. Pero sólo eran las hormonas. Emocionalmente, estaba a miles de kilómetros de Lorenzo.

–No tienes ni idea de lo que nuestro matrimonio significaba para mí –dijo él.

–No, no lo sé –admitió ella, recordando la confusa y triste discusión que habían tenido después de la boda–. Pero sí sé que yo pensé que había encontrado a mi alma gemela, a mi compañero de por vida. Y en lugar de eso había encontrado una mentira.

–Yo nunca te he mentido –replicó Lorenzo, airado–. Y pensaba lo mismo que tú, que había encontrado a la mujer de mi vida.

–¿Cómo puedes decir eso? –exclamó Chloe–. Después de decirme que no creías en el amor, ¿cómo puedes decir...?

–Porque eso era lo que quería y eso lo que tú aceptaste cuando decidiste casarte conmigo.

–Pero...

Era imposible pensar con su penetrante mirada manteniéndola cautiva y Chloe sintió que su cuerpo respondía otra vez. Su corazón latía con fuerza, pero inclinó hacia atrás la cabeza para mirarlo y arrugó el ceño, intentando parecer seria y enfadada. Pero el roce de su pelo en los hombros era como una caricia y enviaba escalofríos de anticipación por todo su cuerpo.

–Por fin, un poco de color en tu cara –dijo Lorenzo, levantando una mano para tocar su mejilla.

Chloe dejó escapar un gemido.

–No me toques –le pidió, casi sin voz.

–¿Por qué no? Tú me deseas. Y aún me debes nuestra noche de bodas.

–¿Nuestra noche de bodas? ¿Después de todo lo que ha pasado, de todo lo que nos hemos dicho, quieres que nos acostemos juntos?

Los sensuales labios de Lorenzo se abrieron en una sonrisa que era burlona y sabia al mismo tiempo.

–¿Es eso lo que me estás ofreciendo? –le preguntó, apretándola contra su cuerpo.

Capítulo 4

TÚ SABES que no te estoy ofreciendo nada!
–Chloe intentó dar un paso atrás, apartarse,
pero Lorenzo la sujetaba con firmeza.

–Pues es lo que parece –murmuró él, inclinándose para rozar su cuello con los labios.

Estaban tan cerca que Lorenzo tuvo que notar su respuesta. Y negarse a sí misma lo que sentía era completamente absurdo; Lorenzo la conocía tan bien como para saber que deseaba hacer el amor con él.

Pero no era amor, se recordó a sí misma. Ésa era la diferencia. *Tenía* que haber una diferencia.

Pero entonces, ¿por qué no la sostenían las piernas? ¿Por qué se dejaba abrazar y arqueaba la espalda para sentir el calor de su cuerpo?

Lorenzo la besaba con pasión devoradora, ignorando sus débiles intentos de apartarse. Era un hombre grande y fuerte, pero no era su fuerza física lo que la abrumaba. Era el fervor de su propia respuesta lo que la dejaba sin defensas.

Poco a poco cerró los ojos y se perdió en el momento; un momento en el que sólo Lorenzo existía; su potente virilidad, su lengua acariciando la suya, haciéndola desear más, haciéndola temblar de puro y crudo deseo.

Lorenzo deslizó las manos por sus costados y, de repente, la tomó en brazos.

Ella abrió los ojos, sorprendida al ver la luz del día por la ventana. Aún deseaba a Lorenzo, pero sabía que debía parar antes de que las cosas se le escaparan de las manos.

La intimidad no era amor y estaría engañándose a sí misma si creía que podía haber un auténtico lazo entre los dos cuando Lorenzo no sentía nada por ella.

–Déjame –le dijo, empujándolo suavemente.

Él se quedó inmóvil, sólido como una roca, sosteniendo su mirada. Y Chloe sabía que lo que debía ver en sus ojos porque podía ver el mismo brillo de deseo en los suyos.

–¿En el escritorio... o en el sofá? –le preguntó Lorenzo, su voz cargada de deseo.

Chloe tragó saliva, intentando no recordar las veces que habían hecho el amor sobre el escritorio. Y sobre varios muebles... y en otros sitios más bien inusuales. Durante el tiempo que fueron novios a menudo perdían la cabeza y no tenían tiempo de llegar al dormitorio.

Entonces le parecía emocionante y había creído que era una demostración de sus sentimientos. Ahora, saber que Lorenzo no dudaría en acostarse con ella en cualquier sitio la llenaba de una mezcla de excitación y pánico.

–Tres meses es mucho tiempo –dijo él, levantándola ligeramente para mirarla a la cara–. Ya he esperado más que suficiente.

–Tú has esperado... –Chloe respiró profundamente, sin saber qué decir.

Durante los meses que habían estado separados jamás se le había ocurrido pensar que Lorenzo estuviera con otra mujer. Pero ahora eso le parecía una ingenuidad. Sabía que era un macho alfa de sangre caliente que nunca había estado mucho tiempo sin una mujer en su cama.

–¿Creías que me acostaba con otras? –le preguntó él, en su voz una emoción que no podía identificar.

–No, yo... la verdad es que no lo había pensado hasta ahora.

Chloe vio un brillo de rabia en sus ojos mientras la dejaba en el suelo.

–¿El hombre con el que te habías casado y al que decías querer no te importa lo suficiente como para preguntarte si está con otra mujer?

Chloe se dio cuenta de que sus palabras eran una afrenta a su masculinidad.

–No es eso. Tú sabes cómo han sido los últimos meses para mí...

–No –dijo él–. La verdad es que no lo sé. Te fuiste de mi vida, la vida que pensé que íbamos a construir juntos, y me dejaste fuera por completo.

–¿Qué esperabas que hiciera cuando me dijiste

que no deseabas mi amor? —exclamó ella, recordando aquel momento terrible en el *palazzo*—. ¡Yo te hablé de mis sentimientos y tú... y tú te enfadaste conmigo! Me rompiste el corazón y destrozaste todo aquello en lo que creía.

—No esperaba que me dieses la espalda, que se la dieras a nuestro matrimonio tan fácilmente —replicó Lorenzo—. Decías quererme, pero te portaste como si yo no fuese nada para ti.

—¿Y qué soy yo para ti? —le espetó ella—. Alguien a quien engañaste para que se casara contigo por tu propia conveniencia... alguien que no te importaba lo suficiente como para ser sincero.

—Eras mi mujer.

Lorenzo se dio la vuelta abruptamente para dirigirse a la puerta y Chloe se quedó mirándolo, sintiendo como si un huracán hubiera pasado por la habitación. Su corazón latía con tal fuerza que apenas podía respirar.

De repente, con la mano en el picaporte, Lorenzo se dio la vuelta para mirarla con ojos penetrantes.

—Sigues siendo mi mujer —le dijo—. Y eso no va a cambiar.

Luego cerró la puerta tras él y Chloe se apoyó en el escritorio, sintiendo que las fuerzas la abandonaban.

Se sentía vacía, pero sabía que ese vacío sólo era el principio de la tormenta. Aún no había terminado. De hecho, iba a empeorar antes de que pudiese escapar de ella.

Chloe subió a su dormitorio, donde la señora Guest estaba cuidando de Emma. Tenía los ojos empañados, pero parpadeó furiosamente para controlar las lágrimas. No tenía fuerzas para dar explicaciones y sabía que aquél era un problema con el que tendría que lidiar ella sola.

–Ah, aquí está –sonrió la señora Guest–. La niña no se ha movido desde que se marchó.

–Gracias –dijo Chloe, devolviéndole la sonrisa.

Luego se acercó a la cuna para mirar a Emma, que estaba tumbada en la misma posición en la que la había dejado. Le parecía que habían pasado horas desde que bajó para hablar con Lorenzo, pero en realidad sólo habían pasado unos minutos.

–Parece cansada –dijo la señora Guest–. ¿Por qué no me quedo unos minutos más mientras usted se relaja en el baño?

–Gracias –sonrió Chloe, deseando estar sola un momento, alejada del mundo. O, si era totalmente sincera consigo misma, alejada de Lorenzo. No sabía dónde estaba, pero no podía soportar la idea de volver a discutir con él–. Creo que voy a darme una ducha –añadió, intentado que su voz sonase normal a pesar del cúmulo de sentimientos–. Estoy demasiado cansada para darme un baño.

Después de cerrar la puerta un sollozo escapó

de su garganta y se puso la mano sobre la boca para que la señora Guest no pudiese oírla.

Un momento después se desnudaba y abría el grifo de la ducha para disfrutar del torrente de agua con los ojos cerrados, por fin dejando que las lágrimas rodasen por su rostro. Lloró con abandono, incapaz de controlar los sollozos que sacudían su cuerpo.

Pero hizo un esfuerzo para calmarse, apoyándose en la pared de baldosas. Estaba siendo un día espantoso y en aquel momento era imposible separar el dolor por la muerte de su amiga de la intolerable situación en la que se encontraba con Lorenzo.

El agua seguía cayendo sobre su cabeza y alargó la mano automáticamente para tomar el champú. Se refugiaría en esa rutina diaria para olvidarse de todo.

Unos minutos después, envuelta en un albornoz blanco, salió del cuarto de baño.

–El señor Valente acaba de pasar por aquí –le dijo la señora Guest–. Ha dicho que tiene que trabajar hasta muy tarde y, como sabe que está muy cansada, dormirá en la habitación de invitados esta noche para no despertarla.

–Gracias por decírmelo –murmuró Chloe.

Cuando el ama de llaves salió de la habitación se preguntó qué habría pensado de tal mensaje. Mientras Lorenzo y ella estaban juntos nunca habían dormido en habitaciones separadas...

Chloe se metió en la cama e intentó dormir, pero aunque estaba agotada no podía relajarse.

Sólo podía pensar en la última frase de Lorenzo, que seguiría siendo su esposa...

No podía entender por qué había dicho eso, no tenía sentido. Aunque en el fondo de su corazón quería estar con él, seguía queriendo todo lo que había querido cuando aceptó ser su esposa.

Pero la situación era completamente diferente. Tenía que pensar en Emma. Además, ahora sabía que Lorenzo no la amaba.

A la mañana siguiente Chloe se encontró sola en la casa. O, más bien, sin Lorenzo. La señora Guest estaba en la cocina y su marido trabajando en el jardín.

Chloe se ocupó de Emma, pero no podía dejar de pensar en el futuro y eso hacía imposible que se relajase. De modo que llevó a la niña al jardín, esperando encontrar alguna manera de distraerse.

De nuevo, volvió a admirar la casa que Lorenzo había comprado... supuestamente para ella. Aunque sabía que no con la intención de que fuera su hogar permanente. Lorenzo nunca dejaría el *palazzo* veneciano que había sido de su familia durante generaciones. Pero aquella casa moderna y luminosa era un complemento perfecto para el barroco palacio veneciano.

—Buenos días —la saludó el señor Guest, que apareció con una caja en la mano.

—Buenos días —sonrió Chloe.

Era un alivio que Lorenzo hubiese contratado a unas personas tan agradables en Inglaterra porque siempre se había sentido un poco incómoda con los serios y estirados empleados del *palazzo*.

–He pensado que a la pequeña le gustaría jugar un rato. No sé cuántos meses tiene, pero esto es para niños de seis meses para arriba.

Chloe se dio cuenta de que era un columpio para bebés.

–Tiene cinco meses y medio –sonrió, mirando a la niña que tenía en brazos.

Luego siguió al señor Guest hasta una zona del jardín en la que había columpios, un tobogán y una zona cubierta por una lona que debía ser un cajón de arena.

–Es estupendo –murmuró mientras el hombre colocaba el columpio para bebés a la sombra de un árbol–. ¿La gente que vivía aquí antes tenía hijos?

–No lo sé, pero de todas formas el señor Valente pidió que lo hicieran cuando compró la casa. Sé que ninguno de los dos imaginaba que tendrían un hijo tan pronto, pero a su marido le gustan mucho los niños –dijo el señor Guest.

Chloe se aclaró la garganta.

–Sí, claro.

–Bueno, ya está –sonrió el hombre, dando un paso atrás para mirar el columpio–. Vamos a ver si le gusta.

–Seguro que sí –Chloe colocó a Emma en la silla y le dio un empujoncito.

Pero el comentario del jardinero no dejaba de dar vueltas en su cabeza. Nunca había pensado que a Lorenzo le gustasen los niños y después de verlo con Emma el día anterior, todo lo contrario parecía ser verdad.

–¡Le gusta! –exclamó el señor Guest cuando Emma soltó un grito de alegría–. Bueno, las dejo solas. Si necesita algo sólo tiene que llamarme. O llame a mi mujer, está en la cocina –añadió, antes de alejarse con su caja de herramientas.

–Muy bien, gracias.

La señora Guest estaba mirando por la ventana y Chloe levantó una mano para saludarla antes de volverse hacia Emma, que lo estaba pasando de maravilla en el columpio.

Pero no podía dejar de pensar en Lorenzo y en su actitud hacia los niños. Que ella recordase, nunca lo había visto con niños... aunque eso no era raro porque ninguno de sus amigos tenía familia.

Pero el día anterior en la limusina parecía realmente incómodo con Emma y eso la hizo pensar que tal vez sólo quería tener hijos para dejarles el legado de su familia. Sí, ésa debía ser la razón por la que se había casado, para asegurarse un heredero.

Qué triste que un hombre como él no fuese capaz de amar a nadie, pensó.

–Hola, Chloe.

La voz de Lorenzo la sobresaltó. Tan perdida estaba en sus pensamientos que no lo había oído llegar.

Llevaba un traje oscuro, como si acabase de salir de una reunión, que resultaba incongruente en el jardín, especialmente al lado de un columpio infantil.

—¿Por qué te casaste conmigo? —le espetó, de repente—. Si el amor no tenía nada que ver, ¿por qué me elegiste a mí? Yo soy una chica normal. No tengo dinero, ni contactos. Podrías haberte casado con cualquier otra mujer. ¿Por qué yo?

—Ya te lo he dicho —respondió él, un poco sorprendido—. Porque pensé que serías una buena esposa.

—¿No quieres decir una buena madre? —lo acusó Chloe—. Sólo te casaste conmigo para tener hijos.

—Tú también quieres tener hijos —replicó Lorenzo, mirando a Emma—. Y en estas circunstancias, es una verdadera suerte que no te hubieras casado con alguien que no quisiera tenerlos.

—¿Cómo puedes decir eso?

—No, lo que quería decir...

—Ahórrate las explicaciones —lo interrumpió Chloe, sacando a la niña del columpio para apretarla contra su corazón—. Has dicho que querías hijos y que yo sería una buena madre... ¿pero y tú? ¿Qué clase de padre serías tú? Lo único que haces es mirar a Emma como si fuera una impostora.

Odiaba lo frío y reservado que parecía. Durante los tres últimos meses ella había perdido el control de su vida y no era justo que él pudiese estar tan tranquilo.

–Tienes que darme tiempo –dijo Lorenzo–. Yo no tengo nada contra la niña, pero reconoce que ha aparecido abruptamente en mi vida...

–No tiene por qué *estar* en tu vida –le recordó Chloe–. Ya te lo he dicho muchas veces.

–Me temo que es inevitable.

–¿Cómo puedes ser tan frío? ¡Su madre ha muerto! Mi mejor amiga ha muerto y parece que te molesta mi deseo de adoptar a su hija.

De repente, sus ojos se llenaron de lágrimas sin que pudiera evitarlo y, un segundo después, empezó a llorar.

Lorenzo se acercó a ella inmediatamente y la envolvió en sus brazos. Y Chloe se inclinó hacia él instintivamente, buscando consuelo.

Apenas se dio cuenta de que la señora Guest salía de la casa para quitarle a Emma de los brazos. De alguna manera sabía que la niña estaba segura y cerró los ojos, olvidándose de todo salvo del consuelo que le ofrecía el cuerpo de Lorenzo. A pesar de todo, era su ancla, fuerte y cálida, y exactamente lo que necesitaba para combatir el vacío que había dentro de ella.

Poco después, cuando la tormenta de lágrimas había pasado, Chloe abrió los ojos y se dio cuenta de que estaba apoyada en el pecho de Lorenzo, agarrada a la pechera de su camisa.

Estaban sentados en un banco de madera frente

a la casa y, por un momento, se quedó completamente inmóvil, asombrada de lo cómoda que se sentía con él. Pero entonces notó un sutil cambio, un ligero movimiento, una rigidez en su postura, y supo que se había dado cuenta de que estaba excitada.

Se irguió de repente, incómoda. No tenía ni idea del tiempo que habían estado así ni del tiempo que había estado llorando. Y le daba vergüenza haberse dejado llevar por las emociones delante de él.

–¿Dónde está Emma? –le preguntó.

–Con la señora Guest –contestó él, irguiéndose a su vez–. La niña está bien, pero tú... ¿necesitas algo? ¿Quieres beber un poco de agua?

Chloe asintió con la cabeza porque de repente tenía sed y, casi inmediatamente, Lorenzo le pasó una botella de agua mineral.

Seguramente la habría llevado la señora Guest. Era maravilloso tener a alguien que te cuidase de ese modo para variar. Y más maravilloso estar sentada con Lorenzo.

–Lo siento –se disculpó–. Siento mucho haberme puesto a llorar.

–No tienes que disculparte –dijo él–. Tu dolor es completamente natural y no quiero que pienses que debes contenerte porque yo esté aquí. Imagino lo difíciles que han sido estos últimos meses para ti.

El corazón de Chloe se encogió al notar la simpatía en su voz. Sabía que lo decía con total sinceridad y eso la emocionó de manera inesperada.

Abrazarse a él le había parecido tan natural... y ahora sus ojos azules parecían completamente serenos, comprensivos.

De repente, le pareció fundamental que fueran sinceros el uno con el otro. Después de tanta desconfianza y desacuerdos entre ellos anhelaba encontrar una genuina conexión. Y al recordar la conversación del día anterior se dio cuenta de que lo había dejado absolutamente fuera de su vida desde que se marchó de Venecia.

El día de su boda Lorenzo le había roto el corazón y, en ese momento de desesperación, pensó que marcharse era lo más lógico, la única solución posible. Era terrible que su marido le dijera que no creía en el amor, pero no había esperado que la situación se calmase, no le había dado la oportunidad de explicarse.

–El día de nuestra boda me diste un disgusto espantoso –empezó a decir–. Pero siento haberme marchado de esa forma. Siento haberme ido de Venecia sin decirte dónde iba. Y siento no haberte dicho lo de Emma.

–Eso ha quedado atrás –murmuró Lorenzo.

Nunca admitiría que su comportamiento le había dolido, pensó. Ella estaba dispuesta a dar un paso... pero Lorenzo no estaba dispuesto a encontrarse con ella en el centro.

–Pero seguiremos teniendo que pensar en el futuro –le dijo–. Anoche dijiste que seguíamos casados, pero no me quieres, ni siquiera crees en el amor...

y lo siento, pero yo no puedo aceptar eso. No quiero ese tipo de matrimonio.

Luego hizo una pausa, mirándolo con total seriedad. Lorenzo parecía calmado, pero podía ver una vena latiendo en su frente y supo que estaba entrando en territorio peligroso.

Sin embargo, tenía que aclarar la situación de una vez por todas. Su futuro y el futuro de Emma dependían de ello.

–Ni siquiera sé si lo decías de verdad –siguió– o si lo dijiste porque estabas enfadado conmigo.

Lorenzo apartó la mirada, sin poder disimular que la conversación lo hacía sentir incómodo.

Chloe tenía razón. La noche anterior había reaccionado de forma instintiva, furioso porque ella estaba dispuesta a romper su matrimonio. Pero desde entonces había revaluado la situación.

Había querido una mujer que le diese un heredero, pero no tenía fe en los matrimonios basados en el sentimiento o la emoción. Él quería una persona estable, alguien que no fuese materialista, que respetase el compromiso del matrimonio y la maternidad y que no abandonase a sus hijos cuando las cosas se pusieran feas. O incluso peor, que se vendiese si recibía una oferta mejor.

Chloe le había parecido una buena candidata... hasta que lo abandonó el día de su boda. Pero las cosas habían cambiado. Ahora tenía a Emma. Y había demostrado una gran tenacidad, un compromiso con la maternidad, que lo hizo reconsiderar el asunto.

–Hablaba en serio –le dijo, mirándola a los ojos para que supiera que estaba siendo sincero–. Espero que sigamos casados.

–No puede ser –suspiró Chloe–. No quiero un matrimonio sin amor y no pienso criar a Emma en ese ambiente.

–¿Y cómo piensas cuidar de ella? –le espetó Lorenzo–. Ayer me dijiste que no tenías trabajo. No te queda dinero en el banco y tus tarjetas de crédito están agotadas...

–Me las arreglaré –lo interrumpió ella, irritada.

Había sabido el día anterior que era un error hablarle de su precaria situación económica y allí estaba, menos de veinticuatro horas después Lorenzo lo usaba en su contra.

–¿Cómo? –insistió él–. No me parece que sea una buena manera de empezar.

–En realidad no es asunto tuyo –dijo Chloe, aunque sabía que eso a Lorenzo le daba igual porque creía tener derecho a saberlo y controlarlo todo–. El alquiler de la casa de Liz está pagado hasta el mes que viene y yo encontraré un trabajo como secretaria. Gladys, la vecina de Liz, cuidará de Emma hasta que pueda pagar a una niñera. No tardaré mucho en poner las cosas en orden otra vez.

–No me parece la situación ideal –insistió Lorenzo–. ¿No prefieres que Emma sea parte de una familia, que tenga otros niños con los que jugar?

–¿Otros niños? –repitió Chloe, atónita–. ¿Aún no he aceptado seguir contigo y ya estás hablando de tener hijos? ¿Eso es lo que querías cuando te casaste conmigo, una conveniente máquina de hacer niños?

–Una maquina de hacer niños no es una madre –dijo él–. Te elegí a ti porque sabía que serías una madre excelente. Eres una persona seria y responsable, tienes valores que comparto contigo y eso es fundamental para la madre de mis hijos. Y el hecho de que estés dispuesta a luchar por la hija de tu amiga lo deja bien claro.

–¿Cómo puedes hablar de valores cuando ni siquiera crees en el amor? ¿Esperas que abandone mis valores para vivir con los tuyos? ¿Que olvide mi derecho a amar y ser amada?

–¿Vas a rechazar la posibilidad de tener una familia, de darle una vida segura a Emma para cazar una ilusión que no existe?

–¡Claro que existe! –exclamó ella, levantándose.

–¿De verdad? Yo no he visto pruebas de que sea así –dijo Lorenzo, levantándose a su vez–. Dijiste que me querías, pero unos minutos después saliste corriendo. Querer romper nuestro matrimonio no me parece una prueba de amor.

–De modo que tú puedes estar conmigo sin amarme, pero *yo* tengo que darte pruebas de amor –dijo Chloe, irónica.

Pero no tenía ganas de seguir discutiendo. Había intentado ofrecerle una rama de olivo, pero lo único que él hacía era tirarle su amor a la cara.

–Quiero un auténtico compromiso por tu parte –siguió Lorenzo como si no hubiera dicho nada–. No puedo ofrecerte amor, pero quiero la absoluta seguridad de que estarás comprometida conmigo y con los hijos que tengamos.

Ella parpadeó, sorprendida, incapaz de creer lo que estaba escuchando. Pero, en el fondo de su corazón, sabía que hablaba en serio, que estaba haciéndole una proposición. Y era la única proposición lógica después de todo lo que le había dicho en el *palazzo* después de su boda.

Había tantas cosas que pensar. En su corazón, anhelaba ser la esposa de Lorenzo, ¿pero a qué precio? ¿Y a qué precio para Emma y los hijos que tuvieran? Lorenzo y ella habían crecido en familias rotas y Chloe sabía de primera mano lo terrible que era una infancia así.

¿Pero un matrimonio sin amor habría sido mejor? ¿Hubiera sido mejor que sus padres siguieran juntos?

No sabía cuál era la respuesta a esas preguntas. Y no se dejaría engañar por un chantaje emocional. No podía dejar que Lorenzo la presionara para que tomase una decisión que afectaría al resto de su vida. Y a la vida de Emma.

–Necesito una respuesta –insistió él.

–Pues lo siento, pero no tengo una respuesta ahora mismo –dijo Chloe, con una voz que sonaba más calmada de lo que se sentía en realidad.

Después de decir eso se dirigió hacia la casa y Lorenzo metió las manos en los bolsillos del pantalón, apretando los dientes.

Él quería que Chloe siguiera siendo su esposa. Pero cuánto lo deseaba era algo que lo sorprendía.

Capítulo 5

TÓMESE el tiempo que necesite –dijo la señora Guest mientras acompañaba a Chloe al jardín–. Hace una tarde preciosa y un poco de aire fresco le sentará bien. Yo me quedo con Emma. Y no se preocupe, es un placer cuidar de ella.

–Muchas gracias, señora Guest –suspiró Chloe, apretando su mano–. Ahora me encuentro mucho mejor. Sólo necesito estar a solas un rato y, además, me gustaría echar un vistazo por el jardín. Es realmente precioso.

–Yo estaré aquí por si me necesita para algo.

El calor del sol animó un poco a Chloe mientras se adentraba en el jardín. Había vuelto a ducharse, pero cuando salió de la ducha no tenía energías para ser creativa, de modo que había vuelto a ponerse los vaqueros con otra camiseta.

La razón por la que había aceptado la amable oferta de la señora Guest era que necesitaba desesperadamente estar un rato a solas. Lorenzo le había dado un ultimátum: debía decidir si quería seguir casada con él o dejarlo y quedarse sola con Emma.

Tenía razón al decir que no estaba en la situación ideal para cuidar de una niña pequeña por sí sola, pero eso no significaba que fuese a aceptar.

Ella era una secretaria competente y no le sería difícil encontrar trabajo. Y mientras ganase dinero para pagar el alquiler de la casa de Liz, tendría un sitio en el que vivir.

Millones de mujeres criaban a sus hijos solas, sin contar con un marido y en circunstancias menos favorables. Incluso sin ayuda de ningún tipo. Además, Gladys había sido una vecina estupenda para Liz y Chloe sabía que podía contar con ella si no tenía más remedio.

¿Pero debía romper su matrimonio con Lorenzo definitivamente?

La alegría que sintió al verlo el día anterior le había dejado claro que sus sentimientos por él eran profundos. Y estar en sus brazos antes le había parecido tan maravilloso...

Ahora que estaba más calmada y había tenido tiempo para pensar se daba cuenta de que aún seguía amándolo. El amor no era algo que uno pudiese apagar y encender a conveniencia. Era algo que no se podía controlar, una verdad innegable que llenaba tu alma.

Antes de la muerte de Liz, Chloe le había hecho una promesa: que no se escondería de la vida, que no cerraría su corazón porque le hubieran hecho daño una vez.

Pero no sabía cómo esa promesa encajaría en el futuro que Lorenzo le estaba ofreciendo.

¿Debía darle la espalda y renunciar a lo único que siempre había deseado, un matrimonio, una familia con el hombre del que estaba enamorada? ¿O debía aceptar su oferta de una vida segura y privilegiada para ella y para sus hijos... y renunciar al anhelo de vivir una genuina experiencia romántica?

Era una decisión terriblemente difícil.

Lorenzo estaba frente a la ventana de su estudio, mirando a Chloe en el jardín, a la orilla del estanque. Tenía la cabeza inclinada y, aunque su pelo caía hacia delante ocultando su cara, sabía en qué estaba pensando. Después de todo, le había dado mucho en qué pensar.

Parecía diminuta con esos vaqueros y la camiseta, pero estaba acostumbrándose a verla así. Aquella Chloe no tenía nada que ver con la mujer que había sido cuando estaban juntos. Cuando era su ayudante solía llevar serios trajes de chaqueta y, aunque su estilo era menos formal cuando empezaron a salir juntos, siempre tenía un aspecto elegante, cuidado.

Ahora, las diferencias en su aspecto parecían resaltar las diferencias en su relación. Tenía un aspecto muy frágil mientras se sentaba en el banco de madera y cuando levantó la cabeza Lorenzo pudo ver que tenía el ceño arrugado.

Chloe miró un momento hacia el estanque y luego levantó la cabeza para mirar directamente hacia la ventana de su estudio. Estaba *mirándolo a él* directamente, aunque Lorenzo sabía que no podía verlo porque el cristal había sido tratado para proteger la privacidad del interior de la casa.

La vida había sido tan estupenda cuando estaban juntos, pensó, irritado. Tenían tantos planes...

¿Por qué había tenido que complicarlo todo? Lorenzo levantó una mano abruptamente y, sin darse cuenta de lo que hacía, pulsó el botón que abría las puertas correderas.

Chloe estaba perdida en sus pensamientos y el movimiento llamó su atención. Y, al ver a Lorenzo salir al jardín, contuvo el aliento durante unos segundos.

Sólo entonces se dio cuenta de que se había sentado frente al estudio. Pero aún no estaba preparada para hablar con él, aún no había podido decidir qué iba a hacer con su proposición.

Lorenzo se acercaba por el camino de grava y lo hacía tan deprisa que el corazón de Chloe se volvió loco.

Se levantó del banco, dispuesta a enfrentarse con él, aunque lo que en realidad hubiera querido hacer era salir corriendo. ¿Cómo era posible que las cosas se hubieran complicado tanto?

Pero ella no tenía miedo de Lorenzo, se dijo, irguiendo los hombros. Y no pensaba evitar la discusión.

–Si has venido a presionarme para que te dé una repuesta, lo lamento mucho, pero estás perdiendo el tiempo –le dijo con voz clara y firme, sin revelar la incertidumbre que sentía–. Aún no he tomado una decisión.

Lorenzo se detuvo a un metro de ella... lo bastante cerca como para que notase la diferencia de estatura y fuerza física, pero no tanto como para que tuviese que inclinar hacia atrás la cabeza.

Se había quitado la chaqueta, pero seguía llevando la misma camisa blanca que había llevado por la mañana y Chloe miró las arrugas que ella misma había provocado con sus manos cuando lo abrazó...

–Estás intentando decidir qué es mejor para tu futuro –dijo Lorenzo–. Y yo quiero que entiendas por qué creo que éste es el mejor acuerdo para los dos.

–Ya me has dicho tus razones y ahora me lo tengo que pensar. Es una decisión importante y tengo que tomarla yo sola. Sin presiones.

–Lo entiendo –asintió Lorenzo–, pero comprometerse con este matrimonio y formar una familia conmigo no será tarea fácil. Por eso quiero que tomes la decisión con la cabeza, no con el corazón.

Chloe arrugó el ceño, intentando entender lo que quería decirle.

–Pero el matrimonio es algo que se hace con el

corazón –replicó, sorprendida por el inesperado cambio de táctica. ¿Por qué estaba intentando *persuadirla* en lugar de seguir insistiendo en que era lo mejor para los dos?

–Cuando me pediste que me casara contigo yo me sentí muy feliz. Y de verdad creí que tú sentías lo mismo.

–Yo también estaba contento –dijo él–. Pensé que había encontrado a la mujer perfecta, a la persona con la que iba a compartir mi vida... una relación sencilla basada en la amistad y la compatibilidad, no un ideal absurdo y romántico que inevitablemente se desintegraría con el paso del tiempo.

–No todos los matrimonios se desintegran –replicó Chloe, a la defensiva–. No deberías ser tan pesimista, es deprimente.

–No soy pesimista, soy realista –dijo Lorenzo–. En mi experiencia, la mayoría de los matrimonios se rompen y normalmente las cosas se ponen feas. Y son los hijos quienes más lo sufren.

Normalmente Chloe era una persona positiva y alegre, dos de los atributos que más le habían gustado de ella desde el principio. Resultaba turbador ver lo infeliz que era en aquel momento.

–No tiene por qué ser así –insistió ella–. Hay matrimonios felices, familias felices.

–Ninguno de los dos tuvo esa suerte –le recordó Lorenzo–. Y por eso este acuerdo sería perfecto para nosotros. Sé que tu querrás que Emma, y los hijos que tengamos después, crezcan en un ambiente sano y estable.

–Desde luego, nunca abandonaría a mis hijos –dijo Chloe, mirándolo a los ojos–. ¿Pero cómo voy a saber si puedo confiar en ti?

Lorenzo sabía lo lejos que había llegado por Emma y sabía que lucharía de la misma forma por sus propios hijos.

Su madre, sin embargo, no se había molestado en luchar por él. De hecho, lo había usado como arma en un carísimo acuerdo de divorcio. ¿Qué clase de madre haría algo así?

De repente, se encontró de vuelta en el pasado, en su infancia, un tiempo que había creído haber apartado de su memoria para siempre. Y estaba recordando el dolor, la desilusión, la confusión que había sentido el día que su madre se marchó de casa.

Lorenzo sacudió la cabeza para apartar tan amargos recuerdos y concentrarse en Chloe, que estaba muy pálida y parecía preocupada.

–Lo entiendo, tienes miedo de que te abandone. Te ha ocurrido antes, primero con tu padre, luego con tu madre y tu hermana. Incluso... –Lorenzo vaciló porque no quería disgustarla más, pero tenía que dejar clara su posición–. Incluso tu mejor amiga te ha dejado.

Chloe intentó tragar saliva, pero tenía un nudo en la garganta. ¿Cómo la conocía tan bien y tan poco al mismo tiempo?

–No es eso...

–Yo no voy a dejarte –siguió Lorenzo–. Eso es lo mejor de este acuerdo.

–Pero... ¿y si alguien llama tu atención? ¿Y si te encaprichas de otra mujer? –preguntó Chloe. Él apretó los labios y supo que lo había ofendido, pero tenía que seguir, su futuro estaba en juego–. Tú no me quieres... ¿qué pasaría si te enamorases de otra mujer?

–No olvides lo que pasó –dijo Lorenzo–. Eres tú quien me abandonó, no al revés.

–Me marché porque dejaste claro que no podía haber amor entre nosotros.

–Pero tú decías quererme –insistió Lorenzo–. ¿Me sigues queriendo?

–Yo... no –Chloe apartó la mirada. No podía mirarlo a los ojos porque temía que leyese en ellos la verdad. Seguía amándolo, pero no podía arriesgar su corazón. Era demasiado doloroso.

–Pues eso es lo que yo quería dejar claro. Me amabas, pero ya no me amas. Te estabas engañando a ti misma con tonterías románticas. No era algo real, por eso pudiste marcharte sin mirar atrás.

Lorenzo levantó su barbilla con un dedo para mirarla a los ojos y Chloe sintió que la recorría un escalofrío. La emoción que veía en los ojos azules de Lorenzo era tan intensa...

Había dicho que no creía en el amor, pero podía sentir lo profundamente que estaba comprometido con el futuro que le proponía. Quería una familia estable y feliz tanto como ella.

–Siempre nos hemos llevado bien y nuestro matrimonio podría ser estupendo. Podríamos ser felices juntos.

–No sé –Chloe quería decir algo, pero el roce de sus manos la distraía.

Lo único que sabía era que quería estar con él. Quería que las cosas volvieran a ser como antes, cuando Lorenzo la hacía sentir especial y segura al mismo tiempo.

–Toma la decisión con la cabeza y no con el corazón –insistió él–. Dime que quieres seguir casada conmigo, que quieres que formemos una familia. Que quieres ser mi esposa en todos los sentidos.

–Sí –dijo ella entonces–. Sí, quiero.

Pero estaba hablando con el corazón, no con la cabeza. Era imposible hacer otra cosa. Su corazón llamaba a Lorenzo de tal forma que no hubiera podido dar otra respuesta.

–Has tomado la decisión acertada –dijo él, apretándola contra su pecho.

Chloe cerró los ojos. Le gustaba tanto estar así, como si aquél fuera su sitio. Como si siempre lo hubiera sido.

Luego, cuando empezó a acariciar su espalda, supo que quería hacer el amor con ella y sintió un escalofrío de aprensión. Pero acababa de aceptar ser su esposa en todos los sentidos.

Sin embargo, estaba nerviosa, como si aquél fuese un punto sin retorno.

Desde aquel momento el futuro estaba escrito para ella y antes de que se diera cuenta sería madre. Estaría atada a un hombre que no la quería... un hombre que ni siquiera creía en el amor.

–¿Qué ocurre? –le preguntó Lorenzo, apartándose para mirarla a los ojos–. ¿Qué pasa, Chloe?

–Es demasiado pronto –dijo ella, apretando los puños y, al hacerlo, dándose cuenta de que estaba arrugando su camisa–. No estoy preparada.

–¿No estás preparada? –repitió Lorenzo, deslizando una mano por su espalda–. Tú sabes que eso no será un problema entre nosotros.

–No... necesito más tiempo para acostumbrarme –insistió Chloe, intentando dar un paso atrás. Pero Lorenzo no la soltaba–. Suéltame, por favor. Te he dicho que necesito pensar.

Él dejó caer los brazos a los lados y dio un paso atrás, sus zapatos haciendo crujir la grava del camino.

Se quedó completamente inmóvil, mirándola. Chloe sabía cuánto la deseaba y ese pensamiento la hizo sentir un cosquilleo de deseo.

Hacer el amor siempre los había acercado, haciendo que la conexión entre los dos fuese más fuerte, y ocurriría lo mismo en aquel momento. Tenía que darle una oportunidad, pensó, pero aún era demasiado pronto.

–No estoy preparada para tener más hijos –le

dijo–. Han sido tantas cosas... y tengo que pensar en Emma. Es demasiado pronto para empezar a hacer cambios tan drásticos.

–Estoy de acuerdo –asintió Lorenzo, sacando un paquetito del bolsillo del pantalón–. Tener hijos puede esperar. Ésto, sin embargo, no –dijo con voz ronca, cubriendo la boca de Chloe con la suya.

Capítulo 6

LORENZO sintió una explosión de deseo incontrolable mientras apretaba a Chloe contra su pecho. El sabor de su boca era embriagador y si seguía acariciándola perdería la cabeza.

Estaban tan cerca que podía sentir cómo temblaba. Se daba cuenta de que lo deseaba tanto como él y saber eso lo encendía aún más.

Había pasado demasiado tiempo desde la última vez que hizo el amor con ella. Demasiado tiempo desde que la había tenido desnuda entre sus brazos, dándole placer de todas las formas posibles antes de dejarse llevar.

Se sentía consumido por un deseo tan poderoso que tenían que entrar en la casa o encontrar un sitio donde no los viera nadie. En el pasado no hubiese dudado en tomarla allí mismo, sobre el banco, pero aquel día no sería suficiente. Tardaría mucho más en saciar el deseo que lo consumía y pensaba obtener toda la satisfacción que le fuera posible.

De modo que se apartó para tomarla en brazos. La llevaría al recinto climatizado de la piscina, allí no los molestaría nadie.

Chloe, sin aliento entre sus brazos, miraba su hermoso rostro, el corazón latiendo de anticipación. Saber que la estaba llevando a algún sitio para hacer el amor enviaba escalofríos por todo su cuerpo.

No sabía dónde la llevaba y le daba igual. Sólo era capaz de notar los rítmicos movimientos de su cuerpo, vibrando mientras recorría el camino. La llevaba sin hacer el menor esfuerzo, como si no pesara nada, y su fuerza la excitó aún más al recordar que era capaz de hacerla llegar al éxtasis.

Apenas se dio cuenta cuando llegaron a su destino. Sólo cuando una puerta se cerró tras ellos apartó los ojos de Lorenzo y miró alrededor.

–Una piscina –murmuró.

–Más tarde –la voz de Lorenzo estaba cargada de deseo–. Nadaremos más tarde... ahora te necesito desnuda.

De repente, un incendio nació entre las piernas de Chloe, que empezó a temblar. Estaba ardiendo por dentro y necesitaba a Lorenzo tanto como él la necesitaba a ella.

–Déjame en el suelo –murmuró. Quería tocarlo, frotarse contra él, arrancarle la ropa.

–Espera –Lorenzo la llevó hacia una barra de bar y la sentó sobre ella, con los pies colgando.

Cuando se echó hacia atrás un momento para mirarla a los ojos Chloe pudo ver que respiraba con dificultad... y no tenía nada que ver con el esfuerzo de haberla llevado en brazos. Su propio corazón latía como loco y estaba temblando de los pies a la cabeza.

De repente él se echó hacia delante, colocándose entre sus muslos, y tomó su cara entre las manos. Por una vez, sus bocas estaban a la misma altura y Lorenzo empezó a besarla.

Su lengua se deslizó sinuosamente entre los labios de Chloe en una erótica exploración que la dejó sin aire. Al mismo tiempo sintió que tiraba de su camiseta y estiró la espalda para ayudarlo a quitársela. El sujetador siguió a la camiseta poco después y Lorenzo puso las manos sobre sus pechos, acariciando sus pezones hasta que las puntas se endurecieron.

–Oh, Lorenzo –un gemido de placer escapó de su garganta mientras echaba la cabeza hacia atrás. Con las manos apoyadas en la barra, los brazos estirados para estabilizar su cuerpo, Chloe empujaba sus pechos hacia él.

Y cuando la lengua de Lorenzo rozó uno de sus pezones tembló de arriba abajo como respuesta, invitándolo a seguir. Él tiró del pezón con los labios, acariciándolo con la lengua, y el impacto fue inmediato. De repente, Chloe se encontró moviendo la pelvis, sorprendida por el incendio que se había declarado en una parte totalmente diferente de su cuerpo.

Lorenzo dejó escapar un gemido ronco, como si sintiera lo mismo que ella estaba sintiendo. Ansioso, empezó a desabrochar su cinturón y luego bajó la cremallera de los vaqueros, luchando un momento para quitárselos mientras murmuraba una palabrota.

–Túmbate en la barra –le dijo.

Y ella obedeció sin pensar. Un momento después, Lorenzo consiguió quitarle los vaqueros y las braguitas al mismo tiempo. Pero cuando Chloe iba a incorporarse, él puso una mano en su pecho.

–No, quédate así.

Chloe contuvo un gemido al darse cuenta de que estaba completamente desnuda sobre la barra. Cuando sintió el aliento de Lorenzo entre las piernas, un escalofrío de excitación la hizo temblar de forma incontrolable.

Sentía el frío granito negro bajo la espalda, pero estaba ardiendo de deseo. Y cuando la boca de Lorenzo entró en contacto con su piel fue como si hubiera estallado en llamas.

La intensidad de la sensación casi la hizo gritar. Podía ver el cielo a través del techo de cristal y sintió como si estuviera volando, abriéndose paso entre las nubes para llegar al cielo...

Se sujetó a la barra con las manos, pero la boca de Lorenzo seguía haciendo su magia, enviándola cada vez más arriba, más lejos de su cuerpo.

El tiempo dejó de tener sentido y no podía hacer más que rendirse a las caricias de su marido. Entonces, cuando creía que no podría soportarlo más, sintió que explotaba...

Se quedó jadeando en la barra, incapaz de mover un músculo, sintiéndose absoluta y totalmente satisfecha. Pero entonces, de repente, se vio de nuevo en los brazos de Lorenzo, que la llevaba hacia uno de los sofás.

Chloe lo miró lánguidamente, agotada después del efecto de aquel intenso orgasmo. Pero cuando se colocó sobre ella, una ola de renovado deseo recorrió su cuerpo.

No sabía que fuera posible volver a volar tan pronto, pero cuando su duro miembro entró en ella, dejó escapar un grito de satisfacción.

El poderoso cuerpo masculino era ardiente y duro, pero lo sintió temblar. Los dos parecían haber perdido la cabeza y Chloe se rindió después de una última embestida, más poderosa que las demás. Y cuando llegó al clímax, al mismo tiempo que Lorenzo, su alma volvió al cielo en otra explosión de éxtasis.

Y gritó su nombre una y otra vez, sin darse cuenta de que estaba sollozando.

Cuando Chloe despertó mucho después estaba tumbada en el sofá, con un albornoz blanco que le había puesto Lorenzo después de hacer el amor en la ducha. Se sentía absolutamente relajada y sus ojos brillaban de satisfacción.

Pero al ver que fuera se había hecho de noche se levantó de golpe, asustada. Lorenzo, sin embargo, se acercaba a ella con una bandeja en la mano y una sonrisa en los labios.

–¡Emma! ¿Qué hora es?

–No te preocupes por Emma. La niña está bien con la señora Guest –le aseguró él mientras dejaba la bandeja sobre una mesa–. Y me parece que ya la ha metido en la cuna.

–Oh, no –Chloe se sentó en el sofá, nerviosa–. No puedo creer que sea tan tarde. Debo haber dormido mucho rato –murmuró, cerrando el albornoz.

De repente sintió una ola de inseguridad al recordar cómo se había rendido a Lorenzo. Cómo había llorado de forma incontrolable entre sus brazos.

La experiencia había sido asombrosa, la más increíble de su vida. Y se daba cuenta de que todo había cambiado para siempre, que *ella* había cambiado para siempre.

Se había rendido a Lorenzo y sabía que no podía hacer nada al respecto.

–La señora Guest nos ha enviado esta bandeja –dijo él, interrumpiendo sus pensamientos–. Aparentemente apenas has probado la comida en las últimas veinticuatro horas.

Chloe lo miró, extrañada. Le parecía raro hablar sobre algo tan trivial como la comida después de tomar una decisión que podría alterar sus vidas para siempre. Después de compartir aquella intimidad.

–¿Tienes hambre?

–No lo sé –contestó ella, mirando los platos de comida, pero sin verlos en realidad.

Lorenzo la miraba con una expresión intensa y le pareció que sabía lo insegura que se sentía, que entendía el paso monumental que habían dado en su nueva relación.

Pero él no sabía cuánto lo amaba. Eso era algo que no entendería nunca. Y algo que Chloe no quería que supiera.

–Empieza con algo ligero. Prueba un poco de fruta –dijo él, acercándole un plato.

Cuando la manga del albornoz cayó hacia atrás, revelando una muñeca delgada y blanca, Lorenzo sintió una nueva ola de excitación.

Cuánto la deseaba. Incluso después de pasar toda la tarde disfrutando de su cuerpo desnudo, haciéndole el amor y compartiendo los más íntimos secretos de su sexualidad, sólo con ver su muñeca se volvía loco de deseo otra vez.

Sin darse cuenta, seguía sus movimientos con los ojos mientras mordía un melocotón y experimentó una nueva punzada de deseo cuando cerró los labios sobre la fruta...

Pero, por el momento, tendría que contentarse con mirarla comer. A pesar de su falta de inhibiciones cuando hacían el amor, no creía que estuviera lista para juegos eróticos con la comida.

Chloe se había dado la vuelta ligeramente, como si se sintiera incómoda, y abruptamente dejó de comer.

–¿Qué ocurre? –preguntó Lorenzo.

–¡Estamos en un edificio con paredes de cristal!

–exclamó ella, pálida–. Esta tarde... Dios mío... cualquiera podría habernos visto.

–No nos ha visto nadie –le aseguró él–. El cristal está tratado para que no se vea nada desde fuera. Incluso ahora, de noche y con las luces encendidas, no se puede ver nada. Podríamos nadar desnudos en la piscina si quisiéramos.

–¿De verdad? –preguntó Chloe, tragando saliva–. ¿No lo dices sólo para que me tranquilice?

–Ven fuera conmigo y compruébalo por ti misma –sugirió Lorenzo–. Pero antes come algo. Tienes que recuperar las fuerzas.

Capítulo 7

QUIERES salir para ver los cristales desde fuera? –insistió Lorenzo poco después–. Sólo para que compruebes que no puede vernos nadie.

–No, está bien, te creo –Chloe lo miró sintiendo que le ardían las mejillas.

–No pareces muy convencida.

–No, es que me gusta estar aquí.

Estaba diciendo la verdad, pero en su corazón sabía que era algo más que eso. Acababan de pasar un par de horas sorprendentemente relajados, disfrutando de la deliciosa comida que les había hecho la señora Guest y charlando sobre cosas sin importancia. Le había parecido agradable, normal, todo lo que faltaba en su vida recientemente. Y casi tenía miedo de que saliendo de la piscina se rompiera el hechizo.

–En ese caso, ¿qué tal si nadamos un rato? No importa que no tengas bañador.

–Me gusta el albornoz, gracias –dijo ella, disimulando el escalofrío que sintió al pensar en bañarse desnuda delante de Lorenzo–. Ya te he dicho que estoy muy cómoda.

Lorenzo había vuelto a ponerse la camisa y los pantalones que llevaba antes, pero estaban tan arrugados que tuvo que sonreír. Lorenzo Valente era un hombre que siempre tenía un aspecto inmaculado.

–¿Por que sonríes? ¿He dicho algo divertido?

–No, sonrío porque llevas la ropa arrugada –rió Chloe.

Y luego se tapó la boca con la mano. Le gustaba reír y hacía mucho tiempo que no lo hacía.

–Oye, al menos yo llevo mi ropa. Y quizá no debería haberte dado ese albornoz. Es más, quiero que me lo devuelvas.

Lorenzo abrió el albornoz y, al ver su expresión ansiosa, de repente sintió una ola de poder femenino.

–Te lo devolveré luego –respondió, saltando de la silla–. Ahora creo que voy a bañarme.

Se acercó al borde de la piscina, miró por encima de su hombro y sonrió coquetamente antes de quitarse el albornoz.

Y Lorenzo se acercó enseguida, con los ojos brillantes.

Riendo, disfrutando del sonido que rebotaba en las paredes de cristal, Chloe se lanzó de cabeza a la piscina. El agua era deliciosa y nadó bajo la superficie durante unos segundos, tan libre como un delfín.

Después sacó la cabeza y siguió nadando con todas sus fuerzas hacia el otro lado, donde Lorenzo estaba esperando. Pero cuando levantó la mirada vio su propio reflejo. El techo también era de cristal, tan claro que parecía un espejo.

Era una sensación extraña verse así, moviendo los brazos y las piernas lentamente, su cuerpo ondulando en el agua. Podía ver sus pechos asomando en la superficie, sus pezones de color rosa oscuro en contraste con la piel blanca.

Una ola de sensualidad la invadió entonces. Sabía que Lorenzo estaba mirándola, viendo lo mismo que ella veía en el techo de cristal: sus miembros desnudos, sus pechos asomando por encima del agua.

Esa intensa punzada de deseo la dejó casi mareada y cuando miró a Lorenzo vio que se había quitado la ropa y estaba de pie al borde de la piscina, completamente desnudo.

Chloe era incapaz de apartar los ojos de aquel cuerpo magnífico. Tan alto, tan atlético... y absolutamente excitado.

El recinto de la piscina climatizada pareció empequeñecer de repente y sintió que su pulso se aceleraba. Sin darse cuenta, se pasó la punta de la lengua por los labios mientras apartaba el pelo mojado de su cara.

Lorenzo se lanzó de cabeza al agua y Chloe lo buscó con la mirada... pero casi enseguida reapareció a su lado para tomarla entre sus brazos.

Sus pies no tocaban el suelo de la piscina, de modo que enredó las piernas en su cintura. Pero al sentir el roce de su erección de nuevo se desató un incendio entre sus piernas, haciendo que temblase de arriba abajo.

Habían hecho el amor tres veces esa tarde y cada vez era más explosivo, más increíble que la anterior. Le resultaba difícil entender cuánto lo necesitaba, cuánto deseaba sentirlo dentro de ella otra vez.

No tenía el menor deseo de ir despacio y, con un desvergonzado y provocativo movimiento, se deslizó por el cuerpo masculino hasta sentir la punta de su miembro rozando el centro de su deseo.

Un gemido profundo, casi animal, escapó de la garganta de Lorenzo. Chloe sintió su aliento en el cuello un segundo antes de que buscase sus labios para besarla con fuerza, insinuando su lengua en el interior, mordisqueándola...

Chloe cerró los ojos y se oyó a sí misma suspirar. Su corazón latía de tal forma que creyó que iba a ahogarse. Era insoportable sentir el roce del acero aterciopelado de su erección y no tenerlo dentro.

De modo que se frotó contra él para animarlo. Tenía que sentirlo dentro de ella, llenándola, empujando y llevándola al éxtasis una vez más. Era imposible seguir esperando y Chloe volvió a frotarse descaradamente contra su erecto miembro.

Un segundo después, por fin, lo sintió dentro y dejó escapar un gemido de momentánea satisfacción. Pero entonces Lorenzo la tomó por la cintura para apartarse, dejándola vacía y temblando de deseo.

–No, aún no –murmuró, en su voz la misma frustración que ella sentía–. A menos que hayas cambiado de opinión... necesitamos un preservativo.

Chloe se puso colorada. Ni siquiera se había acordado de usar protección. Pero aunque estaba demasiado encendida como para sentirse aliviada, Lorenzo ya se alejaba hacia los escalones de la piscina, llevándola con él.

Una vez sentado en los escalones de piedra se la colocó encima, con una rodilla a cada lado, antes de volverse para buscar con la mano el paquetito de preservativos que había dejado al borde de la piscina.

Chloe admiró aquel maravilloso físico: sus poderosas piernas, los fuertes muslos, el estómago plano, la piel dorada. Pero sus ojos se centraron en el miembro masculino y, al mirarlo, sintió otra oleada de incontenible deseo.

De repente, sin pensar en lo que hacía, se inclinó para tomarlo en la boca. Cerró los labios alrededor del poderoso miembro y lo sintió temblar. Era suave y caliente bajo su lengua y Chloe cerró los ojos para dejarse llevar por la experiencia de darle placer.

Lorenzo miró el techo de cristal, abrumado por las exquisitas sensaciones. Podía verlos a los dos reflejados en el cristal... el esbelto cuerpo de Chloe doblado sobre el suyo, su cabeza moviéndose sincronizadamente arriba y abajo... y los espasmos de placer que sacudían su cuerpo.

—Para, por favor —murmuró con voz ronca y casi irreconocible.

Cuando Chloe levantó la cabeza pudo ver en sus ojos que estaba tan excitada como él. Lorenzo buscó el preservativo con manos temblorosas y se alegró cuando ella se lo quitó para ponérselo y, sin dejar de mirarlo, se colocó encima.

Chloe, incapaz de esperar un segundo más, se inclinó para tomarlo, para llenarse de él. Pero entonces, de repente, se quedó sin fuerzas. Las piernas le temblaban tanto que no podía sujetarse.

Cerró los ojos de nuevo, disfrutando de su calor, pero desesperada por sentir que Lorenzo se movía. Como si hubiera leído sus pensamientos, Lorenzo los sacó del agua a los dos y, jadeando, la tumbó sobre el borde de la piscina, con el albornoz debajo para evitar el duro suelo. Aunque daba igual porque lo único que Chloe notaba era a Lorenzo empujando dentro de ella.

El incendio crecía en su interior cada vez con mayor voracidad y su último pensamiento coherente fue lo asombroso que era que pudieran darse el uno al otro tanto placer.

Pero entonces el ritmo de su empuje se volvió frenético y Chloe se arqueó para recibirlo mejor. Cada embestida la envolvía en sensaciones, llevándola a un mundo en el que sólo el placer importaba. Entonces, en un momento de insoportable tensión, Lorenzo empujó por última vez y Chloe llegó al orgasmo dejando escapar un grito de gozo.

Su cuerpo se convulsionaba, apretándolo, llevándolo hasta su propio orgasmo. Y después Lorenzo cayó sobre ella, buscando aire mientras poco a poco volvían a la tierra.

A la mañana siguiente, Chloe despertó en el dormitorio. En algún momento de la noche Lorenzo debía haberla llevado en brazos, pero estaba tan dormida que no se había dado cuenta.

Por un momento le apenó que la mágica noche hubiera terminado, pero cuando oyó a Emma moviéndose en su cuna de repente se dio cuenta de que echaba de menos a la niña. Había estado tan ocupada durante los últimos dos días que apenas había podido ocuparse de ella...

Aunque las horas que había pasado con Lorenzo habían sido maravillosas era estupendo estar de nuevo donde debía estar y... ese pensamiento la sorprendió. Habían pasado tantas cosas en las últimas veinticuatro horas.

–Buenos días –la voz ronca de Lorenzo desde la puerta sobresaltó a Chloe.

Ya estaba duchado y vestido con un pantalón de sport oscuro y un jersey gris.

–Hola –Chloe sonrió tímidamente, de repente

avergonzada por su total falta de control la noche anterior.

–Espero no haberte despertado –dijo él.

–No, no.

–Quería que durmieras un rato más. Ahora tengo que irme a una reunión, pero me gustaría verte esta mañana –Lorenzo se acercó a la cama y se inclinó para darle un beso en los labios.

Y luego desapareció.

Chloe se llevó un dedo a los labios. No podía creer cuánto habían cambiado las cosas en tan poco tiempo.

Más tarde, esa misma mañana, Chloe estaba en el jardín con Emma. Hacía un día precioso y, mirando alrededor, se dio cuenta de que era ese momento del año en el que todo en la naturaleza empezaba a florecer. Las delicadas hojas de los árboles eran de un verde brillante y la hierba de un tono esmeralda.

Se sentía mucho mejor que el día anterior y empezaba a hacerse ilusiones sobre el futuro.

Le había prometido a Liz que seguiría adelante y lo estaba haciendo. Además, su relación con Lorenzo parecía maravillosa.

La noche anterior había sido considerado y cariñoso y estaba de acuerdo con ella en que tal vez deberían esperar antes de formar una familia. Incluso había sido él quien tuvo la presencia de ánimo suficiente como parar detenerse y sacar un preservativo.

Era cierto que Lorenzo seguía insistiendo en que no creía en el amor, pero a ella le parecía imposible que fuera así. Se mostraba tan cariñoso... de hecho, hasta el día de la boda siempre había sido cariñoso.

Chloe sacudió la cabeza. No lo entendía y no quería pensar en ello. Le había prometido a Liz que tendría pensamientos felices y eso era lo que iba a hacer a partir de aquel momento.

Entonces notó un movimiento por el rabillo del ojo y cuando giró la cabeza vio a Lorenzo dirigiéndose hacia ella desde el otro lado del jardín.

–Vamos dentro y haz las maletas.

–¿Qué?

–Nos vamos de vacaciones. A un sitio lejos de aquí, sin recuerdos tristes, donde podamos relajarnos de verdad.

–¿En serio? –Chloe lo miró, sorprendida. Aunque no era la primera vez que hacía tal anuncio. Cuando salían juntos siempre estaba llevándola a sitios exóticos y solía organizar fines de semana románticos.

–Absolutamente en serio.

–¿Dónde vamos? Espero que sea un sitio al que podamos llevar a Emma. No será una cabaña de madera en una isla desierta a miles de kilómetros de un hospital, ¿verdad?

–Vamos a isla Mauricio –respondió él–. Pero

tranquila, es un sitio absolutamente civilizado. Saldremos esta noche y estaremos allí a la hora de desayunar. Además, la hija de la señora Guest, Lucy, es enfermera profesional y vendrá con nosotros para que puedas descansar de verdad.

Capítulo 8

CHLOE tomó un delicioso desayuno en la terraza privada de su suite, en el exclusivo hotel al que Lorenzo la había llevado en isla Mauricio. La gigantesca suite que había reservado ocupaba toda una esquina del edificio y desde la terraza podían disfrutar de una impresionante vista del océano Índico por un lado y de los jardines por el otro.

Totalmente cautivada por los esfuerzos de un pájaro que estaba construyendo su nido no lejos de ella, Chloe se olvidó del desayuno por un momento.

El pájaro voló hacia la copa de una palmera, agarrándose a las hojas con las patas, y luego se lanzó al aire para volver después con unas ramitas en el pico. Sorprendida, Chloe vio que repetía el proceso varias veces.

Estaba pensando que le gustaría tener unos prismáticos para ver cómo quedaba el nido cuando una voz familiar interrumpió sus pensamientos.

–Buenos días, Chloe –Lorenzo había salido a la terraza, su voz ronca después de una noche entera haciendo el amor.

–Buenos días –dijo ella, sintiendo que le ardían las mejillas.

Era la primera vez que hacían el amor en una cama desde que volvieron a estar juntos, pero había sido tan increíble como en la piscina.

–¿Qué haces? –preguntó Lorenzo, sentándose a su lado.

–Estaba observando a ese pájaro.

–Es el macho el que hace el nido, ¿sabes? –sonrió él–. Y luego tiene que esperar para ver si la hembra lo aprueba o lo destroza.

–¿De verdad? Lo había visto en televisión, pero nunca tan cerca –dijo Chloe, pensando en el esfuerzo que tenía que hacer el pobre macho sin saber si recibiría la aprobación de la hembra.

Aunque era el instinto natural de los animales, le pareció un extraordinario y sorprendente acto de fe.

Era como la vida, pensó, recordando la promesa que le había hecho a Liz. No había garantía de que las cosas salieran como uno esperaba, pero sin fe y sin compromiso uno se arriesgaba a no encontrar nunca lo que estaba buscando.

–Bueno, será mejor que te prepares –dijo Lorenzo, levantándose de la silla.

–¿Para qué?

–Tengo algo que enseñarte.

La lancha motora giró para entrar en el estuario de un río. Chloe había disfrutado mucho del viaje por la costa. Le encantaba la brisa marina que hacía volar su pelo y los emocionantes saltos de la rápida lancha.

La belleza de la costa de isla Mauricio era increíble. Las playas de arena blanca rodeadas de palmeras y casuarinas, el agua de color turquesa y el arrecife de coral eran como para dejarte sin aliento.

Al menos se decía a sí misma que ésa era la causa de que su corazón estuviese acelerado y tuviera ciertas dificultades para respirar. No tenía nada que ver con que Lorenzo estuviese tan cerca, su brazo alrededor de su hombro.

Emma se había quedado en el hotel con la hija de la señora Guest, Lucy, de modo que sólo tenía que preocuparse por Lorenzo.

—Es un sitio tan tranquilo. El río es muy profundo —murmuró, inclinándose un poco para mirar el agua—. ¿Esas sombras de ahí abajo son rocas?

—Sí, claro —respondió Lorenzo—. Los barcos grandes no pueden venir por aquí precisamente por eso.

—Es increíble —murmuró ella, mirando alrededor. Era muy diferente al agua de color turquesa y las playas blancas que podía ver desde el hotel.

La superficie era lisa como un espejo verde, reflejando las ramas de los árboles a ambos lados del río.

—Me alegro de que te guste.

—Esto es una aventura, como ir por el Amazonas a territorio desconocido o algo así.

—Es precioso —asintió Lorenzo—, pero no es territorio desconocido, afortunadamente. Hemos venido temprano para poder estar solos un rato.

Chloe miró al conductor de la lancha y al guardaespaldas de Lorenzo, que también iba con ellos. De modo que no estaban solos y, en cierto modo, era una desilusión.

–¿Qué es ese ruido? –le preguntó al notar un estruendo de agua a lo lejos.

–¿No te lo imaginas? –Lorenzo sonrió y esa sonrisa hizo que se le encogiera el estómago. Era maravilloso verlo relajado, casi tanto como cuando salían juntos, antes de que ocurrieran tantas cosas horribles.

–¿Cataratas? –preguntó Chloe.

–Eso es –asintió Lorenzo.

Chloe llevaba toda su vida deseando ver unas cataratas porque estaba completamente enamorada de su belleza, de su fuerza y del romanticismo que emanaban.

El conductor de la lancha maniobró entre unas rocas que parecían medio escondidas bajo la superficie y poco después pudieron ver las cataratas.

–¡Qué maravilla! –exclamó Chloe–. Es precioso.

La enorme masa de agua caía frente a ellos desde varios metros de altura y podía sentir la espuma tocando su cara, refrescando su piel.

–Vamos –dijo Lorenzo, ofreciéndole su mano cuando la lancha se detuvo–. Podemos subir andando y nadar arriba, en la laguna.

La idea de nadar con él hizo que Chloe sintiera

un escalofrío al recordar vívidamente lo que había pasado la última vez que nadaron juntos en la piscina.

–¿Es seguro?

–Es seguro, no te preocupes –dijo él. El conductor había saltado de la lancha y estaba sujetándola a una roca–. Sígueme, el camino es fácil.

Chloe se detuvo un momento, admirando la belleza de Lorenzo Valente... su marido. Llevaba un pantalón corto y una camiseta oscura que destacaba su escultural cuerpo a la perfección.

Sus vibrantes ojos azules hacían que el intenso calor tropical se convirtiera en algo insignificante. Su piel dorada brillaba con una vitalidad que la dejaba sin aliento y, de repente, deseó pasar la lengua por la fuerte columna de su garganta...

Chloe se mordió los labios y bajó la cabeza para disimular que se había puesto colorada. Algo en su expresión había hecho que su pulso se acelerase, como si estuviera a punto de llevarla a un sitio donde podrían hacer el amor. Y en ese momento era exactamente lo que ella quería.

–Vamos –asintió, asombrada de que su voz sonase tan tranquila cuando su corazón estaba dando saltos.

Era una subida fácil, pero tenía que concentrarse para no resbalar sobre las piedras. Y cuando llegaron arriba comprobó que estaban solos. Tanto el conductor de la lancha como el guardaespaldas se habían quedado abajo.

–¿Todo bien? –preguntó Lorenzo, mirando sus pechos durante un segundo más de lo debido–. Es una pendiente fácil, pero un poco inclinada.

–Sí, todo bien –sonrió Chloe, sabiendo que su agitada respiración no era debida al esfuerzo.

Lorenzo la llevó hacia una roca plana desde la que podían ver la catarata cayendo desde arriba, el agua brillando con todos los colores del arco iris.

–Es precioso de verdad –murmuró.

–Sí, aunque lo he visto antes también a mí me impresiona.

La voz de Lorenzo sonaba muy ronca y Chloe supo que no estaba hablando de la catarata, pero mantuvo la cara girada hacia el otro lado. Notaba ese momento de anticipación en la boca del estómago y quería que durase.

–Siempre me han gustado los ríos –dijo luego–. Y especialmente las cataratas. Siempre había querido ver una de cerca.

–Me acuerdo –dijo él.

–¿Te acuerdas?

–Me contaste lo de ese río con una roca gigante y las piedras por las que lo atravesabas cuando eras pequeña, cuando ibas de vacaciones a Devon.

–Ah, sí, es verdad –Chloe sonrió. No recordaba habérselo contado, pero habían hablado de tantas cosas desde que empezó a trabajar para él... sobre todo cuando empezaron a salir juntos.

–Y también me hablaste de tus vacaciones en el distrito de los lagos, cuando tu hermana y tú ibais buscando cascadas con un mapa.

–Tienes muy buena memoria –dijo ella, incómoda.

Podría jurar que recordaba cada segundo del tiempo que habían estado juntos, cada palabra que se habían dicho el uno al otro. Y le sorprendía comprobar que en realidad no lo recordaba todo.

–No te acuerdas de la conversación –dijo Lorenzo entonces.

–Sí, claro que sí –mintió Chloe.

–No, no te acuerdas –insistió él. Estaba sonriendo, pero la sonrisa no llegaba a sus ojos–. Ven, siéntate y descansa un rato.

–Oye, que puedo subir unas cuantas rocas sin tener que sentarme.

–Ya lo sé. Y da igual lo que no puedas recordar, no te preocupes.

–Ni siquiera tú puedes acordarte de todo lo que hemos hablado.

–Sí, sí puedo –dijo Lorenzo, dejándose caer sobre una roca–. Cada palabra. Venga, siéntate conmigo.

Chloe siguió mirando la catarata. Tenía la impresión de que Lorenzo usaría aquello como prueba de que en realidad nunca le había prestado demasiada atención. Que ésa era la explicación de que hubiera tenido tantas expectativas sobre su matrimonio.

Pero no tenía nada que ver, se dijo a sí misma. Olvidar una conversación insustancial sobre la familia o las vacaciones, que seguramente habría tenido lugar durante el trabajo mientras tenía que cumplir con sus obligaciones profesionales, no era lo mismo que olvidar algo tan importante como que Lorenzo le hubiera dicho que quería un matrimonio de conveniencia.

Respirando profundamente, Chloe se sentó a su lado en la roca. Sólo llevaba unos minutos a solas con él y sus emociones estaban desatadas otra vez, pensó.

Todo era maravilloso entre ellos cuando hacían el amor, pero aquello demostraba que había enormes grietas en su relación.

–¿Es aquí donde nada la gente? –le preguntó, sin mirarlo a los ojos–. El agua parece muy fresca. ¿Viene de las montañas?

–Yo valoraba cada minuto que pasaba contigo, Chloe –dijo Lorenzo entonces, evitando que cambiase de tema–. Hablábamos de un millón de cosas... estaba impresionado por el entusiasmo que demostrabas por todo, por tu honestidad, por tu manera de expresarte libre y abiertamente.

–¿Es por eso por lo que me engañaste para que me casara contigo cuando no me querías?

La pregunta salió de sus labios antes de que Chloe tuviera tiempo de meditarla. Lorenzo acababa de decir algo maravilloso, algo que debería alegrarla. Y, sin embargo, le había tirado el gesto a la cara.

Él se levantó, airado, y empezó a quitarse la camiseta y las zapatillas.

–Lo siento... –se disculpó Chloe.

Pero la mirada que Lorenzo lanzó sobre su hombro interrumpió la disculpa bruscamente.

–Ahórratelo –le dijo, antes de lanzarse a la piscina natural.

Y, al verlo nadar violentamente, Chloe supo que su comentario, cáustico sin querer, lo había enfadado de verdad.

Unos minutos antes el agua le parecía invitadora, pero ahora que Lorenzo estaba allí se encontró temblando.

–¡Ven conmigo! –gritó él, apartando el pelo de su cara con un gesto fiero.

Chloe vaciló. Él parecía completamente en su elemento, rodeado por el majestuoso poder de las cataratas que se abrían paso por la antigua roca volcánica. Pero emanaba una energía salvaje que, de repente, la asustaba tanto como la excitaba.

–No parece muy seguro –murmuró, acercándose a la orilla–. ¿Qué impide que te lleve la corriente hacia abajo?

–No hay corriente por aquí debido a las rocas –dijo Lorenzo, impaciente–. Mientras te quedes en este lado estás a salvo. Además, yo no te hubiera traído a un sitio peligroso.

Chloe se mordió los labios, insegura. Parecía un sitio estupendo para nadar, pero la fuerza de las cataratas y la mirada de Lorenzo la ponían nerviosa.

Entonces recordó la promesa que le había hecho a Liz. Tal vez nunca volvería a tener una oportunidad como aquélla y sería tonta si la dejase pasar. Además, en su corazón sabía que Lorenzo jamás la llevaría a un sitio peligroso.

De modo que se quitó la blusa y la falda de algodón para quedar en bikini y se metió en el agua sin pensarlo más.

–Sígueme –dijo Lorenzo.

Chloe lo siguió sin decir nada. El agua estaba fresca, pero era agradable y la llenaba de energía. Además, empezaba a experimentar la anticipación de hacer el amor con Lorenzo... porque estaba segura de que iba a llevarla a algún sitio donde pudiesen hacer el amor.

El paisaje era absolutamente maravilloso y saber que pronto estaría en los brazos de Lorenzo aumentaba su alegría.

–Ya hemos llegado –dijo él.

Estaban en una especie de laguna natural rodeada de rocas sobre las que caían otras cascadas más pequeñas.

–Es asombroso –murmuró Chloe, contenta de haber seguido a Lorenzo y no haberse dejado llevar por sus inseguridades.

–La gente de por aquí viene a darse masajes de agua. Lo llaman hidroterapia natural –sonrió Lorenzo, colocándose bajo una cascada.

Y Chloe vio, horrorizada, cómo la tromba de agua caía sobre su cuerpo, aplastando su pelo y golpeando sus hombros sin misericordia. Sabía que era un hombre fuerte y que estaba en forma, pero casi le dolía a ella verlo así.

Ser golpeado por miles de litros de agua que caían desde varios metros de altura no era su idea de un masaje relajante. De hecho, parecía más bien aterrador.

–¡Sal de ahí! –le gritó.

Pero el estruendo del agua impedía que la oyese y Lorenzo no se movió.

Chloe alargó un brazo para tirar de él, pero el golpe del agua en la cara la obligó a dar marcha atrás. Nerviosa, intentó agarrarse a él, pero no hacía pie y empezó a mover los brazos locamente...

–¿Qué haces? –exclamó Lorenzo, tomándola por la cintura.

–¡Suéltame!

Sin decir nada más, Lorenzo tiró de ella para sacarla del agua.

–¿Se puede saber qué estás haciendo? No estamos en una piscina, con un salvavidas vigilándonos. Hay que respetar las fuerzas de la Naturaleza.

–¿Yo? Pero si intentaba sacarte de la cascada –protestó Chloe.

–¿A mí?

–¿Por qué has tenido que hacer eso? Pensé que me habías traído aquí para hacer el amor... no para darme un susto de muerte.

Lorenzo parecía sorprendido por su vehemencia y la miraba como si no pudiera entender su miedo.

–No pasa nada –le dijo, intentando tomarla por la cintura otra vez.

Pero ella se apartó.

–¿Por qué te has arriesgado así? No podría soportarlo si...

Chloe se detuvo abruptamente porque no quería revelarle sus sentimientos.

–¿No podrías soportarlo si qué? ¿De qué estás hablando?

–Nada –dijo ella, nadando hacia la orilla–. Voy a volver a la lancha.

–Espera –Lorenzo se movió a toda velocidad y, un segundo después, la tomaba por la cintura–. ¿No habías dicho que querías hacer el amor?

–¡Suéltame! –exclamó Chloe.

Pero Lorenzo la apretaba contra su pecho y no podía hacer nada.

–Ah, esto me gusta –murmuró, moviendo las caderas hacia delante para que notase su erección contra la curva de su trasero–. Y me gusta mucho esa idea de hacer el amor.

Chloe sintió una oleada de deseo que casi la hizo olvidar que estaba enfadada con él. Pero no le gustaba que la sujetara así... aunque estaba excitándola más de lo que hubiera creído posible.

–No ha sido idea mía –murmuró, intentando ignorar el río de lava que empezaba a formarse entre sus piernas–. He dicho que *creía* que era para eso para lo que me habías traído aquí.

–No –murmuró Lorenzo, su aliento haciéndola temblar–. Pensé que te gustaría ver la catarata desde aquí.

–¿Entonces por qué llevas un preservativo en el

bolsillo? –le preguntó ella, exasperada, alargando una mano para tocar el bolsillo del pantalón.

Fue un error porque al hacerlo rozó la dura erección masculina y, de nuevo, volvió a excitarse.

–Eso es para ti –sonrió Lorenzo–. Túmbate en esa roca y deja que vea qué puedo hacer para darte placer.

–No... –el monosílabo se formó en los labios de Chloe, pero no lo decía de corazón porque estaba acariciándola bajo el agua, desatando una reacción en cadena que era incapaz de controlar.

–Confía en mí –le dijo–. Déjate llevar y confía en mí, yo te sujeto.

Su voz era hipnotizadora y Chloe se encontró haciendo automáticamente lo que le pedía. Se apoyó en él, la espalda contra su torso y la cabeza sobre su hombro, y dejó que sus brazos y sus piernas flotasen naturalmente en el agua, encontrando su propio equilibrio.

Lorenzo deslizó una mano por su cuerpo, las yemas de sus dedos replicando suavemente el movimiento del agua sobre la piel de Chloe. Cuando tiró del bikini ella no se movió, no hizo ningún esfuerzo por evitar que la diminuta pieza de tela flotase a su lado.

Le gustaba sentirse denuda bajo el agua, con las manos de Lorenzo por todas partes. Sobre todo cuando empezó a tocarla íntimamente... un roce sobre sus pechos, una delicada caricia entre las piernas.

Chloe estaba temblando, pero confiaba en él por completo. Sabía que no la dejaría resbalar, de modo que siguió flotando, dejando que las sensaciones la envolvieran.

Lorenzo empezó a concentrar las caricias en sus pechos y, mientras flotaba, Chloe vio que sus pezones asomaban a la superficie. Las sensaciones que creaba eran exquisitas, casi como si sus caricias fuesen multiplicadas por cada gota de agua que rozaba su piel.

–Mírate –le dijo Lorenzo al oído–. Tus pechos son tan preciosos.

Obedientemente, Chloe abrió los ojos. Su piel parecía tan pálida bajo el agua en contraste con las manos de Lorenzo, tan oscuras, tan grandes. Y, no sabía por qué, ver su cuerpo subiendo y bajando en el agua aumentaba la excitación.

El roce de sus manos enviaba dardos de placer desde sus pechos hasta el resto de su cuerpo, pero un segundo después notó que metía una mano entre sus piernas.

Y esta vez no la acarició suavemente, esta vez sus dedos fueron directamente al centro de su deseo.

–Oh, Lorenzo... –murmuró, cuando empezó a tocarla. Los juegos de antes, los roces tentadores se convirtieron en caricias que pretendían estimularla de la manera más efectiva.

Y unos segundos después, con los ojos cerrados, las sensaciones eran abrumadoras. Con una mano masajeaba y apretaba un pezón mientras mantenía la otra firmemente entre sus piernas, enviando olas de deseo por todo su ser.

Chloe sentía como si estuviera volando, todo su cuerpo inflamado de puro placer sexual. Nunca había llegado al orgasmo tan rápidamente y una parte de ella casi no podía creerlo. Pero le pareció que subía al cielo como un cohete.

Durante unos segundos se quedó apoyada en el torso de Lorenzo y luego se relajó, temblando tras el glorioso orgasmo mientras seguía flotando en el agua.

Poco después, él la tomó por la cintura para sacarla del agua y tumbarla sobre una roca. La superficie estaba caliente por el sol y Chloe suspiró, sintiéndose saciada, los brazos abiertos y las piernas relajadas.

Estaba absolutamente desnuda bajo el sol tropical sin una sola preocupación en el mundo y, sin darse cuenta, cerró los ojos y se quedó medio dormida.

Lorenzo se tumbó a su lado, admirando su precioso cuerpo. Era absolutamente exquisita. Su pálida piel brillaba con una belleza casi etérea y su pelo extendido sobre la roca era como un halo dorado.

Seguía estando tan excitado que le dolía y, sabiendo que podía llevarla a lo más alto mientras también él encontraba placer, pronto volvería a estarlo. Pero por el momento se conformaba con mirarla.

Le encantaba darle placer. Y sobre todo llevarla al orgasmo. Fuese despacio o la enviase al cielo como un trueno con sus caricias, nunca había habido otra mujer en su vida a la que le gustase más complacer.

Y el proceso volvería a empezar en unos minutos, estaba seguro.

Chloe parecía totalmente relajada y desinhibida, lo cual era un principio estupendo.

De modo que se quitó el pantalón y se puso un preservativo. No habría interrupciones... y esta vez los dos llegarían al cielo.

Capítulo 9

EL AGUA azul turquesa del océano Índico se extendía hasta donde Chloe podía ver. De hecho, sabía por la guía de isla Mauricio que había miles de kilómetros de océano entre isla Mauricio y la costa de África.

Apenas podía creer lo preciosa que era la playa. Las suaves olas rozaban la arena blanca y a lo lejos podía ver donde las olas chocaban contra el arrecife de coral.

Estaba cómodamente sentada en una hamaca, con Emma sobre las rodillas, mientras buscaba con una mano la crema solar en su bolsa.

–¿Puedo sentarme contigo? –le preguntó Lorenzo, su acento italiano como una caricia.

Seguía temblando cada vez que recordaba lo que había pasado en la catarata esa mañana. Y no podía imaginar cómo Lorenzo era capaz de estar dos horas enviando e-mails y hablando de trabajo por teléfono después de eso.

Nerviosa, se aclaró la garganta.

–Sí, claro –sonrió.

Estaba guapísimo con una camiseta negra que

destacaba la anchura de su torso y un pantalón corto que dejaba al descubierto sus poderosas piernas.

–¿Cómo está Emma? –le preguntó él, sentándose en la hamaca de al lado.

–Muy bien –contestó ella, sorprendida porque era la primera vez que le preguntaba por la niña–. Pero no encuentro la crema solar y aunque estamos a la sombra tengo que ponerle protección.

–Ah, otra pálida belleza inglesa –rió él–. Dime dónde está y te la traeré.

–Gracias, pero sería más fácil que fuera yo porque no sé dónde la he dejado –suspiró Chloe, levantándose–. Puede que la haya perdido y si es así tendré que ir a alguna de las tiendas del hotel.

Estaba a punto de marcharse cuando Lorenzo la detuvo.

–Deja a Emma conmigo.

Chloe se detuvo, totalmente sorprendida. Era la primera vez que mostraba algún interés por la niña.

Pero se dio cuenta de que llevaba unos segundos mirándolo como una tonta y lo último que quería era que pensara que no confiaba en él.

–Muy bien –murmuró, tocando la naricita de la niña–. Vuelvo enseguida, Emma. No tardaré nada. Tú vas a quedarte con Lorenzo... ¿de acuerdo?

Le resultaba raro llamarlo Lorenzo, pero no podía llamarlo de otra manera. Al fin y al cabo, no era el padre de Emma.

Cuando Liz le pidió que cuidase de su hija le

había dicho que quería que la llamase mamá, como cualquier niño adoptado llamaría a su madre adoptiva. Y que ella decidiera cuándo decirle que era adoptada y cuándo hablarle de su madre.

Pero tal vez Lorenzo había pensado en la adopción desde otro punto de vista. En realidad, no sabía lo que pensaba sobre el asunto.

–Ven con papá –dio Lorenzo entonces.

–Lo siento. No sabía si...

–El padre biológico de Emma no está por aquí –dijo él–. Yo soy el único padre que va a conocer, así que debe llamarme papá. Ningún niño que crezca bajo mi techo se sentirá diferente a otro.

A Chloe se le hizo un nudo en la garganta. Le había preocupado que Lorenzo no aceptase a Emma. Había creído que cuidaría de ella y sería amable, pero temía que la niña creciera sabiendo que no era su hija natural.

–Me parece muy bien –murmuró.

La frase sonaba inadecuada, pero no quería darle más importancia. Pero se alegraba de llevar puestas las gafas de sol porque así Lorenzo no podía ver que se le habían empañado los ojos.

–Sé que no deseas que Emma no se sienta querida...

–Todos los niños que crezcan en mi familia se sentirán queridos –dijo él, tomando a Emma en brazos.

Estaba claro por su actitud que para él la discusión había terminado, pero a Chloe no le importó en absoluto. En su opinión, acababan de dar un enorme paso adelante.

Esa noche, Chloe y Lorenzo disfrutaron de un *séga*, el animado y colorido baile nacional de isla Mauricio. Había sido idea de Chloe porque llevaban tantos días haciendo el amor en la suite del hotel que empezaba a sentirse alejada de la realidad.

El baile era muy atractivo, el ritmo de los tambores llenaba el aire de la noche y los bailarines se movían sin pudor. Pero mientras los miraba, moviendo los pies al ritmo, empezaba a pensar que lo que realmente necesitaba era volver a casa.

–Te has cortado el pelo –Lorenzo levantó una mano para tocar las puntas, que ya no rozaban sus hombros–. Y también me gusta tu vestido.

–Gracias –sonrió Chloe, que llevaba un vestido con escote palabra de honor.

–Tienes muchas pecas, pero no las había visto antes. ¿Es culpa del sol?

–No lo sé, imagino que sí.

–Tienes una piel preciosa... y me encantan tus pecas –sonrió Lorenzo, pasando un dedo por su cara.

–Me he quedado sin maquillaje –dijo Chloe entonces. Pero en cuanto lo dijo se sintió como una tonta y se puso colorada.

–Ah, me preguntaba por qué no había visto tus pecas antes –rió él, inclinándose para darle un beso en la mejilla.

–Oye, yo creo que deberíamos volver a casa.

–Sí, claro –Lorenzo se levantó de inmediato para volver a la suite.

Chloe levantó la mirada para ver las palmeras moviéndose con la brisa, sus hojas recortadas contra el cielo oscuro lleno de estrellas. Era un sitio precioso, desde luego, un paraíso tropical. Pero Lorenzo no había entendido su petición.

–No, me refiero a volver a casa de verdad –le dijo–. Te agradezco mucho estas vacaciones, pero creo que es hora de volver a casa y seguir adelante con nuestras vidas.

Un día, casi una semana después, Chloe estaba en la terraza del *palazzo* que daba al Gran Canal, con Emma en brazos. Estaba charlando con la niña, señalando los barcos que pasaban... y alejándose de Lorenzo.

La relación entre ellos había vuelto a ser tensa y, aparte de las noches, cuando hacían el amor, pasaban muy poco tiempo juntos. Y ésa debía ser la razón por la que costaba tanto acostumbrarse a la vida en Venecia.

Pero la auténtica razón para su angustia era que casi cada día se encontraba pensando en la discusión que había tenido con él el día de su boda, en Lorenzo diciendo que no creía en el amor.

De hecho, cada habitación del *palazzo* tenía malos recuerdos para ella.

Si había estado tan equivocada sobre algo tan importante, ¿qué más cosas no serían como ella había pensado en un principio?

–No sé dónde estará papá ahora, Emma –murmuró.

Desde que volvieron a Venecia Lorenzo siempre parecía estar trabajando, o en su oficina o encerrado en el estudio, y ocasionalmente yendo de una habitación a otra mientras hablaba por el móvil, que era exactamente lo que estaba haciendo en aquel momento.

Le resultaba desconcertante oírlo hablar en un idioma que ella seguía sin entender del todo, especialmente el dialecto que hablaban en Venecia, que parecía imposible de aprender.

Chloe se acercó a la puerta del balcón y aguzó el oído, intentando adivinar si estaba cerca. No porque tuviese miedo de encontrarse con él sino porque cuando hablaba tan rápido y paseaba de un lado a otro en general era porque estaba de mal humor.

–Estoy aquí –la voz de Lorenzo a su espalda hizo que contuviese el aliento–. ¿Querías algo?

–No, no. Le estaba enseñando a Emma los barcos...

–¿No es un poco joven para eso?

–No –respondió Chloe, conteniendo su irritación al ver que miraba a Emma con el ceño fruncido, como si fuera un ser extraño. En absoluto como si fuera su hija adoptiva–. Siempre es bueno

hablar con los niños, aunque sean demasiado jóvenes para entender. Así es como aprenden las cosas.

–Ah, ya.

Chloe se mordió los labios. Empezaba a ver
que, a pesar de sus buenas intenciones, tenía serias
dificultades para aceptar a la niña. El breve interés
que había mostrado por Emma esa tarde en la
playa de isla Mauricio no había vuelto a repetirse.

–Tengo una cosa para ella en el estudio –dijo
Lorenzo entonces, sorprendiéndola.

–¿Ah, sí? –eso la hizo concebir esperanzas. Deseaba estar equivocada y que la distancia de Lorenzo fuese debida al trabajo. Al fin y al cabo, se
había tomado muchos días libres para ir a Mauricio
y sin duda tendría muchas cosas pendientes–. ¿Qué
es?

–No estoy seguro. Creo que deberías venir conmigo para ver lo que es.

–Muy bien –dijo Chloe, un poco desconcertada.

¿Cómo era posible que tuviese algo para la niña
y no supiera qué era? En fin, estaba intentando ser
amable y quería que supiera que se lo agradecía.

Lorenzo empezó a recorrer los pasillos a toda
velocidad, como si hubiera olvidado que Chloe iba
detrás y que sus pasos eran considerablemente más
cortos. Además, no estaba preparada para correr
con Emma en brazos.

Afortunadamente, pareció darse cuenta y se detuvo un momento.

–Tengo una conferencia en unos minutos –le

dijo–. Deja que yo lleve a la niña o no llegaré a tiempo.

Chloe puso a Emma en sus brazos con el estómago encogido. Le molestaba que sólo quisiera tomar a la niña en brazos para apresurar el asunto. Claro que tenían que empezar por algún sitio. Si conectar con Emma no era algo natural para él, tal vez podrían empezar por detalles pequeños.

Cuando llegaron al estudio Chloe iba prácticamente corriendo y Lorenzo le pasó a Emma abruptamente.

–Es eso –le dijo, señalando una caja–. La ha enviado Francesco Grazzini. Es uno de mis socios –añadió, como si Chloe no lo supiera.

Pero ella no dijo nada, no tenía sentido empezar una discusión por eso.

–Gracias –sonrió, sabiendo que no había conseguido disimular su desilusión.

–¿Qué te pasa?

–Nada –Chloe lo miró, indecisa. Tal vez debería decir algo, pero recordó que tenía una reunión, de modo que no era el momento de sacar el tema–. Te dejo trabajar.

Lorenzo la vio salir del estudio con la niña en brazos. Había olvidado la caja de Grazzini. O tal vez la había dejado allí a propósito...

Había visto su expresión cuando le dijo de quién era y hasta ese momento no se le ocurrió que Chloe podría haber pensado que era un regalo comprado por él.

Había parecido a punto de decir algo, pero al final se contuvo. Y él sabía lo que era. Evidentemente, quería que se mostrase más paternal con Emma.

Muy bien, podía hacerlo. Podía pasar más tiempo con ellas y así Chloe estaría satisfecha, pensó. Se había comprometido y él era un hombre de palabra, de modo que intentaría ser un buen padre y tratar a Emma como si fuera su propia hija. Pero no podía fingir algo que no sentía. Los sentimientos sencillamente no estaban allí.

Capítulo 10

ME ALEGRO mucho de que empieces a conocer a Emma –dijo Chloe impulsivamente mientras lo miraba jugar con la niña. Aunque «jugar» no era exactamente la palabra que mejor describía lo que estaban haciendo. Y Lorenzo no parecía estar pasándolo bien, además.

En cualquier caso, se mostraba paciente mientras le daba unos bloques de colores que Emma chupaba antes de devolvérselos. Estaba sentada en una alfombra, rodeada por un círculo de almohadones porque aún no se sostenía bien, con Lorenzo y Chloe mirándola.

Al lado de la niña, Lorenzo parecía enorme y un poco torpe y eso la sorprendió. Él era un hombre grande y poderoso, pero siempre se había movido con gracia felina. Salvo cuando estaba con Emma.

–Sí –el monosílabo revelaba lo incómodo que se encontraba y para Chloe fue una frustración más.

No sabía qué había detrás de ese malestar. ¿Le parecería tedioso jugar con Emma? ¿O sencillamente no estaba acostumbrado a tratar con niños?

Emma sólo tenía seis meses y evidentemente no era una compañía muy estimulante para un adulto, pero si uno se tomaba un momento para acostumbrarse era fascinante estar con ella.

Sin embargo, el rostro de Lorenzo parecía de granito y ni siquiera intentaba hablar con la niña. Y a Chloe le gustaría saber si era porque no sabía qué decirle o si no estaba interesado en comunicarse con ella.

–Le gustan esos bloques, los que tiene detrás –murmuró, deseando poder decir algo que aliviase la tensión.

Lorenzo se inclinó y Emma siguió sus movimientos con sus brillantes ojitos azules. Pero cuando alargó la mano para tomar los bloques que había tras ella, la niña se giró tan rápido que perdió el equilibrio y cayó de lado, golpeando su cabeza con los bloques de plástico. Y entonces lanzo un alarido que hizo eco por toda la habitación.

–¡Bueno! –exclamó Lorenzo, intentando volver a sentarla en la alfombra. Pero la niña seguía llorando y estaba claro que volvería a caerse si la dejaba en el suelo.

Chloe estaba deseando tomarla en brazos, pero decidió no intervenir. Si ella lo hacía todo, Lorenzo nunca aprendería a tratar con Emma.

Además, parecía estar haciendo un esfuerzo por fin y había notado su angustia cuando la niña cayó al suelo. Se alegraba muchísimo de que pareciese conectar un poco con Emma... aunque fuera por simple preocupación.

–Encárgate tú –le dijo, sin embargo, poniéndola en sus brazos.

–No te preocupes –murmuró Chloe, apretando a la niña contra su pecho. No podía evitar sentirse decepcionada, pero al menos lo había intentado. Eso era algo.

–¿Preocuparme? ¿Por qué?

–Sé que no es fácil. Ahora mismo no sabes qué hacer, pero ya llegará. Lo más importante es que empieces a conectar con ella, a sentirte como su padre.

–No soy su padre.

La afirmación de Lorenzo envió un escalofrío de aprensión por la espalda de Chloe. Pero no hablaba en serio, estaba segura. Claro que empezaba a sentirse un poco como su padre, tenía que ser así.

–No eres su padre biológico, pero acabarás encariñándote con ella.

–Quiero que Emma sea feliz y que esté sana. Tengo un compromiso con ella y pienso cumplir mi palabra –dijo él, muy serio–. Pero mis buenas intenciones hacia la niña se deben a que es lo correcto, no a emoción ninguna. Ni a sentimientos que no tengo.

Chloe lo miró, momentáneamente sorprendida por esa afirmación. Pero podía ver la frustración que había bajo ese duro exterior, ver que guardaba algo.

–Es comprensible –le dijo–. No es hija tuya y ha aparecido en tu vida de manera inesperada, pero el tiempo cambiará eso.

Luego hizo una pausa, esperando que él asintiera, que le diese la razón. Pero Lorenzo se mantuvo en silencio... un silencio que Chloe se sentía obligada a llenar. No podía dejar las cosas así.

–Será diferente cuando tengas un hijo propio. Tendrás nueve meses para hacerte a la idea y la primera vez que lo veas lo querrás inmediatamente.

–No –replicó él–. No hay ninguna razón para asumir que voy a querer a mis hijos. Te he dicho que haré todo lo que esté en mi mano para asegurarme de que se sientan felices, pero ésa es la única garantía que puedo darte. Y es la más importante.

–¿Cómo puedes decir eso? –exclamó Chloe–. Pues claro que querrás a tus hijos. Es un instinto natural.

–No para todo el mundo. Tú y yo sabemos que no es así. Mi madre prácticamente me vendió a mi padre cuando tenía cinco años como parte del acuerdo de divorcio.

–Pero eso... al menos eso significa que tu padre sí te quería –protestó ella, horrorizada–. Tú sabes que tu padre te quería.

–No, yo no era más que otra posesión para él –replicó Lorenzo, amargamente.

–No, eso no es verdad.

–No me digas cómo ha sido mi infancia, Chloe. Y antes de que empieces a hablar sobre instintos naturales, tal vez deberías recordar que tu padre te dejó cuando tenías siete años. Y tu madre... bueno, puede que ella esperase hasta que fuiste mayor, ¿pero cuándo fue la última vez que hablaste con ella?

–¿Por qué te pones así? –exclamó Chloe, atónita–. ¿Por que dices esas cosas tan horribles?

–Para evitar tus expectativas irreales e idealizadas de la vida. Te he dicho que sería un buen padre para Emma, pero no puedo prometer que me vaya a encariñar con ella porque eso es algo que no puedo controlar.

–Si no tienes intención de querer a tus hijos, ¿por qué quieres tenerlos? –le espetó ella, indignada–. ¿Qué clase de monstruo eres?

Chloe no quiso escuchar la respuesta. No podía estar cerca de Lorenzo ni un segundo más y, tomando a Emma en brazos, salió de la habitación deseando alejarse de él todo lo que fuera posible.

Y Lorenzo no tenía la menor intención de seguirla.

Su corazón latía violentamente y le sudaban las manos.

Lo había llamado monstruo y tal vez lo era. Pero en lo único que podía pensar en ese momento era en el niño de cinco años que había sido, desconcertado y solo, un niño que sólo quería el cariño de su madre.

Lorenzo no sabía nada sobre el amor. Nunca lo había recibido y nunca lo había sentido por otro ser humano. Ni siquiera sabía si era capaz de sentirlo.

Chloe estaba en el balcón del dormitorio que compartía con Lorenzo, situado en una esquina del *palazzo*, con vistas al Gran Canal por un lado y a la laguna veneciana por el otro.

Era un nublado día de junio y el agua reflejaba el color gris del cielo.

Chloe se encontró recordando a Lorenzo hablándole de la laguna, de cómo la tranquila superficie escondía corrientes peligrosas y canales escondidos que habían protegido a la ciudad de los ataques durante siglos.

Y no podía evitar pensar en cómo eso podría aplicarse al propio Lorenzo ya que sólo había empezado a ver lo que había bajo la superficie, bajo la coraza que había construido a su alrededor.

Llevaba mucho tiempo mirando el agua mientras Emma dormía su siesta, esperando que la suave brisa aclarase su cabeza, pero en lo único que podía pensar era en la discusión que había tenido con él.

Al principio, descubrir que no se creía capaz de amar la había dolido y enfurecido. Pero cuanto más lo pensaba, más la entristecía. ¿Cómo podía haberse resignado a vivir sin amor?

Descubrir el día de su boda que Lorenzo pensaba que los matrimonios por amor estaban destinados al fracaso le había parecido de un cinismo insoportable. Pero descubrir que ni siquiera creía que pudiese amar a sus propios hijos era algo completamente diferente.

No era cinismo, era una total falta de esperanza.

Su vida debía haber sido tan fría, tan solitaria cuando era niño...

Pero Chloe se dio cuenta entonces de que apenas sabía nada sobre su infancia. Le había contado muchas cosas sobre Venecia, pero había hablado muy poco de sí mismo.

Y le dolía el corazón al pensar en ello. No quería ni imaginarlo de niño, paseando solo por aquel edificio enorme, un monumento a la historia de su familia, sintiéndose solo y abandonado.

–Si quieres que nos separemos, lo entenderé –la voz de Lorenzo a su espalda sobresaltó a Chloe.

–¿Qué?

–Has dejado tus sentimientos perfectamente claros –dijo él–. Y entiendo que no quieras que yo sea el padre de tus hijos.

–No, yo... no creo que seas un monstruo. No he querido decir eso. Sé que tienes buena intención hacia Emma y que sólo querrías lo mejor para tus hijos.

–Por eso me casé contigo, porque sé que tú serías lo mejor para ellos. Sé que quieres a Emma como si fuera hija tuya y que querrás a tus propios hijos más que nadie.

Lorenzo se volvió un momento, pasándose una mano por el pelo en un gesto que revelaba lo difícil que le resultaba hablar sobre ese tema. Y luego se volvió de nuevo para mirarla a los ojos.

–Pero sé que eso no es suficiente –le dijo–. Los niños merecen un padre que sea capaz de amarlos.

Chloe lo miró, con una mezcla de sorpresa y desesperación.

Amaba a Lorenzo y se había comprometido con aquel matrimonio a pesar de su falta de confianza en el amor. Pero ahora, de repente, él había decidido no molestarse.

–¿Estás diciendo que no eres lo bastante hombre como para seguir adelante? Eres tú quien insistió en que siguiéramos casados, quien me dijo que era lo mejor para todos. Y ahora, de repente, estás dispuesto a rendirte...

–No me estoy rindiendo –la interrumpió Lorenzo, enfadado–. He tomado una decisión porque nuestro matrimonio nunca ha sido lo que tú querías. ¿Por qué insistes ahora?

–Porque yo no me rindo tan fácilmente –dijo Chloe–. No me doy la vuelta en cuanto las cosas se ponen feas.

Después de decir eso pasó a su lado para entrar en el dormitorio. Pero entonces recordó lo que había estado pensando cuando Lorenzo apareció: que su triste infancia lo había hecho perder la fe en la gente. Había hecho que desconfiara del amor. Tal vez por eso quería romper su matrimonio.

Se volvió de nuevo, la rabia dándole valor. Le habían hecho mucho daño. Tal vez el fracasado matrimonio de sus padres lo había marcado de por vida y tenía miedo de hacerle daño a sus hijos como se lo habían hecho a él.

–Yo no me rindo tan fácilmente –repitió–. Sé que el abandono de tu madre te dolió mucho y que creciste sin cariño. Pero la historia no tiene por qué repetirse, al contrario. Tienes que darte a ti mismo una oportunidad.

Lo miraba a lo ojos, pero estaban tan nublados como el cielo aquella tarde. Quería encontrar la forma de llegar a él, de ayudarlo a lidiar con el pasado...

Chloe dio un tentativo paso adelante y levantó una mano para tocar su cara.

La reacción de Lorenzo fue instantánea, como si unas persianas de acero cayeran sobre sus ojos para ocultar lo que sentía. Y Chloe apartó la mano a toda prisa. Su rechazo era total.

–No me toques. No quiero tu compasión –dijo él, dando un paso atrás–. Y no quiero saber nada de tus análisis psicológicos de aficionada. Haz las maletas, nos vamos a Inglaterra esta misma noche.

Luego salió de la habitación, dejando a Chloe atónita.

¿Quería eso decir que iban a divorciarse? ¿Que la llevaba de vuelta a Inglaterra porque su matrimonio estaba irremediablemente roto?

Capítulo 11

EL VUELO desde Venecia a Inglaterra no fue largo, pero sí uno de los más frustrantes de su vida.

Emma, que por el momento se había comportado bien en los aviones, empezó a llorar en cuanto despegaron y cuando estaban sobrevolando los Alpes gritaba con todas sus fuerzas.

–¿Qué le pasa? –preguntó Lorenzo, mirándola con cara de horror–. ¿Por qué hace eso? Siempre se ha portado bien.

–No lo sé –suspiró Chloe. Ya lo había intentado todo para calmarla, sin resultado alguno. Había una gran tensión entre ellos desde la discusión, pero la agitación de Lorenzo por el llanto de Emma estaba empeorando aún más las cosas–. Nunca la había visto así.

–Tal vez le duelan los oídos –sugirió Lorenzo–. Volamos a muchos metros del suelo y siendo tan pequeña a lo mejor sus oídos son sensibles a la presión.

–Sí, podría ser eso –asintió Chloe.

Estaba desesperada por encontrar una razón

para la angustia de la niña y una manera de hacer que se sintiera mejor, pero no sabía cómo.

–¿Qué podemos hacer? –preguntó Lorenzo.

–¿Te importa pasarme el biberón de zumo? A lo mejor se le pasa bebiendo un poco.

Y así fue; chupar el biberón pareció calmar a Emma y Chloe miró a Lorenzo con cara de alivio.

–Tal vez deberíamos ir al médico cuando lleguemos a Inglaterra –sugirió él–. Yo creo que no se encuentra bien.

–No tiene fiebre. Nunca la había visto llorar así, pero eso no significa que sea nada serio. O eso espero.

Nerviosa, Chloe se mordió los labios. Haría cualquier cosa para que la niña se pusiera bien, pero no sabía si estaba cansada de viajar y necesitaba una noche en su cuna o si de verdad le ocurría algo.

En cualquier caso, cuando estaban llegando a casa y después de dormir un rato en el avión, Emma despertó con fiebre y empezó a gritar aún más que antes.

–Vamos a llevarla al hospital ahora mismo –dijo Lorenzo, dándole instrucciones al conductor de la limusina para que diese la vuelta.

Chloe intentaba calmar a la niña como podía y suspiró, aliviada, cuando por fin llegaron a la puerta del hospital.

Emma había dejado de gritar, pero ella sabía

que no estaba bien porque se había quedado como desfallecida en sus brazos.

–Le ocurre algo, estoy segura –murmuró–. Será mejor que busquemos un médico lo antes posible.

–Por aquí –Lorenzo la ayudó a bajar del coche y miró los carteles del hospital para encontrar la entrada de Urgencias.

Su corazón latía como loco dentro de su pecho y experimentaba una sensación extraña de impotencia.

Emma era tan pequeña... era su responsabilidad cuidar de ella, asegurarse de que estuviese siempre bien atendida. Pero por el momento lo único que podía hacer era encontrar un médico.

Tenía la cabecita apoyada sobre el hombro de Chloe, pero se le movía de lado a lado con cada paso, como si no pudiera sostenerla.

Le habría gustado sujetarla él mismo, pero sabía que Chloe no se sentía cómoda cuando lo veía con la niña. Y si la tocaba, aunque fuera para sujetar su cabeza, seguramente Emma volvería a llorar.

La frustración se mezclaba con la rabia y la impotencia.

¿Tan incapaz era de cuidar de un niño? Quería hacerlo, pero por mucho que lo intentase siempre acababa estropeándolo todo.

Y, de repente, no pudo soportarlo más. Sujetó la cabecita de Emma sin dejar de caminar y, al hacerlo, sintió algo húmedo en los dedos...

–¿Qué es esto? Le sale de los oídos...

Lanzando una palabrota en italiano, Lorenzo tomó a Emma en brazos y empezó a correr hacia la zona de Urgencias, sabiendo que así conseguiría la atención de los médicos rápidamente.

–¡Necesito un médico! –gritó–. ¡Mi hija está enferma!

Horas después, Lorenzo observaba a Chloe meter a Emma en su cuna. La pobre tenía una infección de oídos y, aunque probablemente se sentía mal, ya no tenía fiebre y el dolor que había experimentado durante el viaje había desaparecido gracias a los analgésicos y a que el tímpano se había perforado, disipando así la insoportable tensión.

–Ha debido dolerle mucho –suspiró Chloe.

–Sí, ha debido ser horrible. Y espero que no vuelva a pasar. No podría soportar verla sufrir así otra vez.

–Esperemos que no –dijo ella, sentándose en la cama–. El médico dice que los chicos tienen más tendencia a las infecciones de oído que las chicas.

Lorenzo empezó a pasear por la habitación, más agitado que nunca. Jamás se había visto en una situación así.

–Ha sido insoportable, pero al menos sabemos qué hacer si volviera a pasar. Nunca me había sentido más impotente que cuando vi ese líquido saliendo de su orejita... –no pudo terminar la frase y, nervioso, se pasó una mano por la cara.

–Creo que estás empezando a sentirse como un padre –le dijo Chloe.

Lorenzo dejó de pasear, pensando en lo que había dicho. Tal vez tenía razón.

Cuando llevaba a la niña por el hospital su corazón latía dolorosamente y casi le costaba trabajo respirar. Había esperado más angustiado que nunca mientras el médico examinaba a Emma y les explicaba después lo que había pasado.

Suspirando, se sentó en la cama, al lado de Chloe.

–Yo creo que tal vez empiezas a quererla un poco –sugirió ella, tomando su mano.

Lorenzo sintió un escalofrío y, sin decir nada, apretó su mano con fuerza.

Durante los días siguientes, Chloe pasó todo su tiempo atendiendo a Emma. Los antibióticos estaban haciendo su trabajo y pronto se recuperó de la infección, volviendo a ser la niña risueña que había sido antes.

Desgraciadamente, Lorenzo también había vuelto a ser el mismo, reservado y poco comunicativo, y eso la desconcertaba.

Cuando volvieron de Venecia estaba convencida de que su matrimonio iba a romperse, de que Lorenzo la llevaba de vuelta a Inglaterra para divorciarse y apartar a Emma de su vida. Pero ya no le preocupaba eso porque Lorenzo parecía haberse encariñado de verdad con la niña.

La noche que volvieron del hospital había pensado que también estaban haciendo progresos en su relación. Lorenzo había revelado su preocupación por Emma y, por primera vez, no había rechazado la sugerencia de que empezaba a sentirse como un padre... incluso que estaba empezando a quererla.

Chloe se había quedado dormida esa noche con una nueva esperanza en su corazón. Por supuesto, era maravilloso para Lorenzo y para Emma, pero también se había atrevido a creer que podrían ser una familia. Si Lorenzo podía sentir algo por la niña, tal vez había una oportunidad de que sintiera algo por ella.

Pero se había equivocado.

Durante los días siguientes Lorenzo no volvió a mencionar esa conversación y su humor taciturno hacía que Chloe no se atreviese a sacar el tema. También era cierto que pasaba más tiempo con Emma que antes, pero su actitud hacia ella no parecía haber cambiado en absoluto, al contrario.

Y empezaba a desesperarse. Era como si las barricadas emocionales que había construido para protegerse hubieran empezado a caer... para levantarse de nuevo de la noche a la mañana.

Chloe pasaba todo su tiempo en la casa y en el jardín con Emma y empezaba a sentir claustrofobia. Era una propiedad muy grande, pero no podía ir a ningún sitio.

Al otro lado de la valla no había ningún camino para pasear, sólo la carretera, de modo que no podía arriesgarse a salir con el cochecito.

Empezaba a sentir que su vida estaba en suspenso. Lorenzo no se comunicaba con ella y se encontraba buscando la compañía de la señora Guest cada vez más a menudo.

Y ésa no era una buena señal.

–Emma parece estar mucho mejor ahora –dijo el ama de llaves, que estaba lavando verduras en el fregadero.

–Sí, menos mal –suspiró Chloe, limpiando un poquito de puré de manzana de la carita de Emma. Solía darle la comida en la cocina porque charlando con la señora Guest se sentía menos sola.

–Y tiene buen apetito.

–Ya casi se ha terminado el puré. ¿Sabe si Lorenzo tiene algún otro coche además de la limusina y el descapotable? ¿Algo un poco más fácil de conducir?

La señora Guest soltó una carcajada.

–No lo sé. Puedo preguntarle a mi marido, si le parece. ¿Está pensando ir al pueblo con Emma?

–Sí, la verdad es que sí –contestó Chloe–. Pero no hace falta que le pregunte usted, lo haré yo misma.

–Muy bien, entonces yo terminaré de arreglar la cocina –sonrió el ama de llaves, acercándose para limpiar la trona–. ¿Por qué no sale con Emma al jardín? El hombre del tiempo ha dicho que esta tarde va a llover y más tarde podría no tener oportunidad.

Chloe siguió el consejo de la señora Guest y salió al jardín para seguir explorando un rato. Era una suerte que estuviesen en primavera, con días largos y llenos de sol y cambios en el jardín casi cada día. Al menos era entretenido. Además, se daba cuenta de que era algo que echaba de menos en la ciudad.

Los lirios azules que había alrededor del estanque se habían secado, pero había nenúfares y todos los rosales estaban en flor.

El señor Guest había puesto casitas para pájaros en varios árboles cerca del estanque y le encantaba ver las acrobacias que hacían para entrar y salir.

Suspirando, se sentó en un banco con Emma sobre las rodillas. La señora Guest le había dicho que los pájaros jóvenes pronto empezarían a salir del nido y decidió esperar por si tenía la suerte de verlos.

Pero unos minutos después oyó pasos en el camino de grava. Y seguramente sería Lorenzo porque el señor Guest siempre estaba silbando...

Chloe giró la cabeza y vio a su marido acercándose a ellas.

–Hola –sonrió, sentándose a su lado.

–Hola.

–¿Cómo está Emma? –le preguntó Lorenzo, tomando a la niña y poniéndola de pie sobre sus rodillas.

–Está bien –murmuró Chloe.

No era justo que se le encogiera el estómago cada vez que se acercaba, pero se alegraba mucho de que por fin pareciese cómodo con la niña.

–He estado pensando sobre nuestro plan de tener más hijos –dijo Lorenzo entonces.

–¿*Nuestro* plan? Pensé que el plan era esperar hasta que estuviéramos un poco más acostumbrados a estas circunstancias.

No iba a decirle que le gustaría tener un hijo, ¿no? Sólo llevaban un par de semanas juntos y, en opinión de Chloe, todo seguía en el aire.

–Pero acordamos que tendríamos hijos –insistió él– de modo que no tiene sentido esperar. Sería mejor para Emma que nuestro primer hijo biológico no fuese mucho mayor que ella.

–No puedo creer que hables en serio –dijo Chloe–. ¿Has olvidado lo que me dijiste antes de volver de Venecia? Estabas dispuesto a tirar nuestro matrimonio por la ventana. De hecho, pensé que era para eso para lo que querías volver a Inglaterra.

–No sé de qué estás hablando –murmuró Lorenzo, sin mirarla.

–¿No? Pues yo creí que pensabas dejarme aquí y volver a Venecia para seguir adelante con tu vida.

–Las cosas han cambiado –dijo él, como si no le gustase recordar esa conversación.

–¡No, en absoluto! –exclamó Chloe–. Que tú hayas tenido una iluminación y te hayas dado cuenta de que puedes sentir algo por otro ser humano no significa que estemos listos para tener hijos.

–Lo de ser madre es algo natural para ti y he pensado que tener un hijo te daría un objetivo en la vida y te ayudaría a olvidar la muerte de tu amiga Liz...

–No seas condescendiente –lo interrumpió ella, molesta–. No necesito un hijo para olvidar a Liz.

–No he querido decir eso... no estoy diciendo que te olvides de tu amiga sino que debes superar su muerte.

–Eso es algo que haré poco a poco. No voy a superar la muerte de Liz teniendo un hijo, es absurdo.

Lorenzo sacudió la cabeza.

–No parece que estés del todo comprometida con este matrimonio. Pensé que un hijo...

–¿Yo no estoy comprometida con este matrimonio? –repitió Chloe, incrédula–. ¿Cómo puedes decir eso? ¿Y cómo puedes creer que los problemas se resuelven teniendo un hijo? Es totalmente ridículo.

–Tú sabías en lo que te metías cuando aceptaste quedarte conmigo y nada ha cambiado. De acuerdo en que antes hubo malentendidos entre nosotros... pero esta vez sí sabías dónde estabas.

–¿Cómo iba a saberlo? –replicó Chloe, levantándose para mirarlo a los ojos–. Hasta que uno ha vivido un matrimonio sin amor no sabe lo que es.

–El día que aceptaste seguir conmigo reconociste que ya no me querías. No empieces con esa tontería del amor otra vez...

–¡No es una tontería!

Chloe se dio la vuelta al sentir que sus ojos se llenaban de lágrimas. Había elegido seguir con Lorenzo porque lo amaba y porque no podía vivir sin él. Pero jamás habría imaginado lo difícil que iba a ser.

Y ahora, sabiendo que quería a Emma, era aún más difícil. Emma no era su hija natural y sólo llevaba unas semanas en su vida y, sin embargo, Lorenzo le había abierto su corazón. Pero ellos se habían conocido dos años antes, estaban casados... y si no la quería ahora no lo haría nunca.

–Yo quiero que nuestro matrimonio funcione –dijo Lorenzo–. Pero es imposible si tú sigues poniendo obstáculos.

–El amor no es un obstáculo –dijo Chloe, volviéndose para mirarlo de nuevo–. Al contrario, la mayoría de la gente piensa que es esencial.

De repente, no podía seguir hablando del asunto. No tenía sentido. La opinión de Lorenzo no iba a cambiar y el único resultado para ella sería más dolor y más humillación.

–Necesito un coche –le dijo abruptamente.

–¿Qué? ¿Para qué necesitas un coche? –preguntó él, poniendo a la niña en sus brazos.

–Por la misma razón que lo necesitas tú –replicó Chloe–. Quiero ir donde me apetezca sin tener que esperar que me lleve nadie.

–El conductor te llevará donde le digas...

–He dicho que quiero ir donde me apetezca, yo sola.

–Ya tenemos la limusina y el descapotable. No veo la necesidad de tener otro coche.

–No estoy pidiendo nada caro o llamativo –dijo Chloe–. Sólo un coche de segunda mano. Pero si no puedo conseguir uno, usaré el descapotable.

Lorenzo la miró, sin poder disimular su irritación.

–Es un vehículo muy poderoso... y peligroso si no sabes conducirlo.

–¿Te da miedo que estropee tu precioso coche? –replicó ella, sarcástica–. Pues no te preocupes, sé conducir.

–Lo que me preocupa es que acabes en un terraplén.

–Tranquilo, ya te he dicho que sé conducir. Y tengo que ir a la casa de Liz antes de que venza el contrato de alquiler.

–Yo te llevaré. De hecho, tengo que ir...

–Quiero ir sola –lo interrumpió Chloe, mirando a la niña–. Es algo personal.

–Si no quieres mi compañía, el conductor te llevará –insistió Lorenzo–. Le diré que te espere en la puerta.

Y después de decir eso se volvió para dirigirse hacia la casa.

A la mañana siguiente, Chloe vio la limusina saliendo de la casa desde la ventana de su habitación. Lorenzo tenía una reunión en Londres y seguramente querría trabajar en su ordenador durante el viaje.

Aquel día tampoco podría ir a la casa de Liz. Y si no iba pronto no tendría otra oportunidad. Gladys, la vecina de Liz, tendría que devolver la llave a la agencia...

Gladys ya había estado en la casa para ordenar algunas cosas cuando Lorenzo se la llevó a Venecia. Aunque no había mucho que hacer porque ella ya se había encargado de casi todo después del funeral.

Pero tenía que ir a buscar una caja con cartas y recuerdos que Liz había guardado para Emma antes de que la enfermedad le impidiera moverse.

–Vamos a desayunar –suspiró, sacando a la niña de la cuna–. Ya se nos ocurrirá algo que hacer para el resto del día.

Pero en cuanto lo hubo dicho se le ocurrió un plan fantástico: iría al pueblo en el descapotable. Lorenzo no iba a necesitarlo aquel día, y sobre todo, no estaría allí para impedírselo.

–¡Chloe! –exclamó Gladys al verla en la puerta–. Qué sorpresa.

–Yo también me alegro mucho de verte –sonrió Chloe, abrazando a la mujer.

–Pero mira cuánto ha crecido Emma. Y tú también tienes buen aspecto. Pero entra, entra por favor. Cuéntame qué has estado haciendo hasta ahora.

Chloe la siguió hasta el alegre salón, lleno de

adornos y dibujos hechos por sus nietos, y le habló de su viaje a Venecia y de la casa que Lorenzo había comprado.

Media hora después, se despedían con otro abrazo.

–Me alegro muchísimo de verte, Chloe.

–Yo también.

–Ojalá hubiéramos tenido más tiempo para charlar. Prométeme que volverás pronto a visitarme.

–Te lo prometo –dijo ella–. Y gracias por el té.

Chloe abrazó a la mujer una vez más antes de entrar en casa de Liz, llevando el moisés de Emma con cuidado para que no despertase. En cuanto abrió la puerta notó el familiar perfume de su amiga y recordó el tiempo que había vivido allí...

Entristecida, se sentó en el sofá y abrió la cajita de recuerdos que Liz había dejado para su hija. Hasta aquel momento no había podido abrirla, tal vez porque sabía que debía hacerlo allí, donde había compartido con su amiga los últimos meses de su vida.

Lo primero que vio fue un sobre dirigido a ella y se le encogió el corazón mientras lo abría. No era una carta larga y la caligrafía era temblorosa, como si Liz ya no tuviera fuerzas.

Querida Chloe,

Siempre has sido mi mejor amiga y no sabes lo que ha significado para mí tenerte a mi lado durante estos últimos meses.

Eres una persona maravillosa, tienes un corazón enorme y te deseo lo mejor en la vida.

No hay palabras para decirte lo que significa para mí saber que Emma estará contigo cuando yo me vaya. No dejaría a Emma con nadie más en el mundo y confío en ti plenamente para que cuides de ella.

Pero prométeme que no te olvidarás de tu propia felicidad. Sé que te han hecho daño, pero no dejes que eso impida que encuentres el amor otra vez. De verdad creo que es mejor lamentar las cosas que no han salido como uno esperaba que lamentar no haberse arriesgado nunca.

Gracias de corazón por todo lo que has hecho por mí y seguirás haciendo por Emma cuando me haya ido. Has sido la amiga más leal y maravillosa que nadie pueda tener y es una bendición tenerte a mi lado.

Todo mi cariño, para siempre

Tu mejor amiga,

Liz

Chloe volvió a meter la carta en el sobre con manos temblorosas. No se había dado cuenta de que estaba llorando hasta que una gota cayó sobre el papel. Echaba tanto de menos a Liz... aunque siempre la llevaría en su corazón. Y su recuerdo siempre estaría con ella.

Pero no había sido fácil leer sus recomendaciones sobre el amor. En realidad, le había hecho caso al quedarse con Lorenzo... pero estaba resultando mucho más doloroso de lo que había esperado.

Lorenzo apretó el volante del coche con fuerza, la rabia comiéndoselo como la limusina se comía los kilómetros.

No podía creer que Chloe se hubiera llevado el descapotable sin decir nada. Se lo había prohibido por su propia seguridad; las carreteras allí eran estrechas y con curvas que podían tomar a los conductores por sorpresa. Además, el descapotable era excepcionalmente poderoso, una trampa de hierro en manos inexpertas.

Y cuando encontrase a Chloe le exigiría una explicación. Le diría que no era aceptable desafiarlo, que no lo toleraría.

De repente, cuando estaba tomando una curva, vio un brillo metálico a su derecha. Un coche se había salido de la carretera porque el conductor no había podido girar a tiempo...

–¡Chloe! –exclamó, con el corazón encogido.

Lorenzo pisó el freno tan bruscamente que estuvo a punto de perder el control de la limusina, pero logró detenerla y estaba fuera en un segundo, corriendo hacia el terraplén.

Se abrió paso entre las zarzas sin darse cuenta de que se clavaban en sus piernas y en sus brazos... pero entonces vio que no era un descapotable. De hecho, ni siquiera era del mismo color que su coche. No dejaba de pensar en Chloe y su mente le había jugado una mala pasada.

Con una mezcla de alivio y angustia, miró en el interior... pero no había nadie. Era un coche abandonado. Y cuando puso la mano en el capó comprobó que estaba frío. De modo que el accidente había tenido lugar tiempo atrás.

Lorenzo volvió a la limusina sudando profusamente. Pensar que Chloe pudiera haber tenido un accidente lo había aterrorizado por completo y, apoyándose en la puerta, dejó escapar un suspiro de angustia.

La única vez que recordaba haberse sentido tan fuera de sí fue cuando Emma se puso enferma. Pero esta vez su reacción había sido más poderosa. Se decía a sí mismo que era porque los accidentes de coche eran violentos y potencialmente mortales... pero sabía que no era verdad.

Volvió a subir a la limusina y se dirigió al pueblo, conduciendo con cuidado. Y cuando vio el descapotable aparcado frente a la casa de Liz sintió una segunda, más intensa, ola de alivio.

Chloe le había dado un susto de muerte, pero no volvería a pasar. No dejaría que volviera a pasar.

Salió de la limusina enfadado y se dirigió a la casa, mirando por la ventana mientras se acercaba. Y lo que vio lo dejó inmóvil.

Chloe estaba llorando. Sentada en el sofá, con la cara enterrada entre las manos, todo su cuerpo sacudido por los sollozos.

Y sintió un dolor tan profundo como el de un cuchillo clavándose en su corazón. Quería entrar para consolarla, para envolverla en sus brazos y decirle que todo iba a salir bien.

Pero ella no había querido que estuviera allí, lo había dejado bien claro. Le había dicho que era algo personal y que quería estar sola.

Y Lorenzo supo que no debía molestarla. Su presencia aumentaría el sufrimiento de Chloe y eso era lo último que deseaba.

De modo que se dio la vuelta y aparcó la limusina en una calle adyacente para que no la viera al salir. Y se quedó esperando. La seguiría a cierta distancia para comprobar que llegaba a casa sana y salva.

Capítulo 12

CHLOE estaba frente a la ventana del dormitorio, mirando el jardín. No eran más de las cuatro de la mañana, pero la luz grisácea del amanecer ya empezaba a iluminar el cielo.

No podía dormir. Estaba pensado en el día que le habló a Lorenzo sobre la casa de sus sueños... la casa que ella creía era la inspiración para la compra de aquélla.

Fue un año después de empezar a trabajar para él. Habían ido a Sussex para reunirse con un empresario que se negaba a salir de casa para ver a Lorenzo en Londres y Chloe había disfrutado del viaje, sentada al lado de su guapísimo jefe en el descapotable, charlando sobre cosas sin importancia.

Entonces, de repente, una casa había llamado su atención porque se parecía a otra que había visto de niña y en la que su tía trabajaba como ama de llaves. Un verano, cuando los propietarios estaban de viaje, su tía las había invitado a visitarla y Chloe se había quedado enamorada.

Nunca había visto paredes hechas enteramente

de cristal salvo en las tiendas caras de la ciudad y le había parecido un sitio mágico. A su hermana le daba miedo la altura y no quiso subir al segundo piso, pero Chloe se había apoyado en el cristal sintiendo como si estuviera volando por el campo.

Su madre y su tía la habían apartado, preocupadas de que dejase huellas en el cristal, y Chloe las había oído decir que era absurdo tener tantos ventanales en una casa porque había que estar siempre limpiándolos... pero a ella le daba lo mismo, sencillamente le gustaba la sensación de estar dentro pero fuera, casi como volando, y deseó con todas sus fuerzas vivir algún día en una casa así.

Era asombroso que Lorenzo se hubiera acordado. Y que se hubiera molestado en encontrar una casa igual como regalo de boda.

Aunque desde el principio de su relación se había mostrado muy atento y considerado. Eran esos gestos lo que la hacían creer que la quería, aunque nunca se lo hubiera dicho.

Pero ahora no sabía qué pensar.

¿Cómo era posible que prestase atención a pequeños detalles que sabía la harían feliz y, sin embargo, siguiera diciendo que no creía en el amor? ¿Por qué actuaba como si estuviera cometiendo un crimen al sentir algo por él?

Chloe se pasó la mano por el pelo para apartarlo de su cara y suspiró. El cielo se había teñido de un color albaricoque, de modo que empezaba a amanecer. Y desde el enorme ventanal tenía una vista fabulosa.

De repente, se le ocurrió que los pájaros debían estar cantando, pero no podía oír nada. El cristal reforzado ahogaba los sonidos como si fuese una cámara acorazada.

Y eso la molestó, tal vez por el parecido con su matrimonio. Tenía una vista maravillosa, pero en realidad estaba completamente aislada. Los pájaros cantaban para recibir el nuevo día, pero ella no podía oír ni un solo trino.

Chloe entró en el vestidor para ponerse una bata y luego bajó al primer piso con la intención de salir al jardín.

Pero no pudo hacerlo. La puerta de la cocina estaba cerrada y no recordaba dónde había puesto la llave, de modo que fue al salón para intentar salir por allí. Pero no era capaz de abrir las puertas correderas. Sabía que tenían motor y que había un mando en alguna parte... o un panel en la pared, pero no encontraba nada.

Y, de repente, sus ojos se llenaron de lágrimas.

Lorenzo despertó y, antes de abrir los ojos, supo que Chloe no estaba a su lado. Sabía que no había dormido bien en los últimos días y que a menudo se levantaba al amanecer para mirar el jardín. Pero la habitación estaba extrañamente silenciosa. Podía oír a Emma en el otro cuarto, moviéndose en la cuna, pero no podía oír a Chloe.

Y cuando se incorporó en la cama supo que se había ido.

Se había ido... había huido de su matrimonio otra vez.

Lorenzo hizo un esfuerzo para calmarse. No, imposible, sabía que Chloe nunca dejaría a Emma. Seguramente habría bajado a la cocina para beber algo. Muchas veces había visto tazas de tila en la mesilla por la mañana y sabía que no estaban allí por la noche.

Pero notaba que había algo diferente. El día anterior estaba tan disgustada... ¿y si había decidido que su matrimonio no tenía futuro? ¿Y si estaba a punto de dejarlo?

Pensar eso hizo que su corazón se acelerase como nunca. De modo que se puso el pantalón y, un segundo después, salía del dormitorio y bajaba al primer piso.

Y entonces la vio, frente a las puertas correderas del salón, intentando abrirlas.

—¿Qué haces? —le espetó, el miedo haciendo que su tono de voz fuera más seco de lo que pretendía—. ¿Dónde vas a las cuatro de la mañana?

—A ningún sitio —murmuró ella. Y cuando se dio la vuelta, Lorenzo vio que estaba llorando.

Estaba disgustada otra vez y sabía que era culpa suya. Era incapaz de hacerla feliz y eso lo mataba.

—Lo siento —se disculpó, tomándola entre sus brazos. Eso no la consolaría, pero no sabía qué otra cosa podía hacer.

–No podía abrir las puertas –dijo Chloe, con la cara enterrada en su pecho.

–Si quieres marcharte yo no te voy a detener... tú mereces ser feliz. Pero no huyas de mí otra vez. Deja que te ayude, deja que me asegure de que estás bien.

Chloe se apartó un poco para mirarlo. Sus palabras la habían dejado anonadada. Lo decía como si le importase de verdad pero, al mismo tiempo, como si estuviera ofreciéndole una salida.

–No iba a marcharme –le dijo, secándose las lágrimas con la mano–. Quería salir al jardín para oír cantar a los pájaros.

–¡Gracias a Dios! –exclamó Lorenzo, aplastándola contra su pecho–. No podría soportarlo... no podría soportar la vida sin ti.

Chloe dejó escapar un gemido. ¿Significaba eso que de verdad la quería en su vida? ¿Que sentía algo por ella?

–Pase lo que pase, nunca te dejaré –su voz era apenas audible y Lorenzo se apartó para mirarla.

–Pero no eres feliz conmigo –le dijo, desconcertado.

–Nunca te dejaré porque te quiero. Siempre te he querido y me rompe el corazón saber que tú no me quieres. Pero ya no me puedo imaginar la vida sin ti.

De repente, la expresión de Lorenzo cambió por completo. Sus ojos se endurecieron y sacudió la cabeza ligeramente... incluso se encogió un poco, como negando lo que ella había dicho.

Y Chloe se sintió desesperada. Era como cuando le abrió su corazón el día de su boda.

–¿Por qué no me crees? ¿Qué te he hecho para que no confíes en mí?

Su angustiada expresión era como un cuchillo en el corazón de Lorenzo que, abrumado, no sabía qué hacer. Y todo era culpa suya. Él había hecho eso. Él era la razón por la que estaba llorando.

–Lo siento –se disculpó–. Lo he hecho todo mal. No sé cómo puedo arreglarlo.

–No es culpa tuya –dijo Chloe, agotada–. No es culpa tuya que sientas lo que sientes. No puedo obligarte a quererme, a querer a nadie.

El brillo de desesperación en sus ojos se intensificó cuando él no dijo nada. Pero no sabía cómo responder...

Él nunca había querido hacerle daño y, sin embargo, se lo hacía una y otra vez. ¿Por qué no era capaz de encontrar una respuesta... cualquier repuesta que no la hiciese llorar?

¿Por qué no era capaz de sentir lo que ella quería que sintiera?

–Lo único que deseo es que seas feliz –le dijo, tomándola entre sus brazos de nuevo–. No sé por qué es tan difícil para mí conseguirlo. Sé que te estoy rompiendo el corazón... y también se me rompe a mí.

Chloe cerró los ojos, sintiendo una oleada de emoción. Aquello tenía que significar algo. Que tal vez no era el hombre frío y sin corazón que quería parecer.

–Lo siento –volvió a disculparse, apartándose una vez más–. Te estoy ahogando.

–No pasa nada. Me gusta estar en tus brazos... me gusta mucho.

–A mí también –dijo Lorenzo, pasándose las manos por el pelo–. Siempre me ha gustado... más que nada. Entonces, ¿por qué sigo haciéndote daño?

Chloe vio que le temblaban las manos.

–Lorenzo...

–Tienes que alejarte de mí –dijo él entonces, dando un paso atrás– para que no pueda hacerte más daño.

Ella lo miró, sorprendida y emocionada por la intensidad de su voz, hipnotizada por sus palabras. ¿De verdad había empezado a expresar lo que ella esperaba... algo tan increíble?

–Lo siento –repitió Lorenzo por tercera vez–. Tú mereces mucho más... tú mereces que te quieran. Tenías razón sobre por qué habíamos vuelto a Inglaterra. Yo intentaba hacer lo que me parecía mejor: dejarte ir para no hacerte daño. Pero no he sido lo bastante fuerte. Aunque te hacía año, no podía dejarte.

–No quiero que me dejes –Chloe tenía los ojos llenos de lágrimas, pero hizo un esfuerzo para controlarse porque aquello podría ser la conversación más importante de su vida–. Nunca he querido que me dejases.

–¿Pero por qué? –le preguntó Lorenzo, con expresión angustiada–. Yo intento hacerte feliz... pero lo único que consigo es destrozar tu vida.

–Tu sabes por qué no quiero dejarte –Chloe dio un paso adelante para tomar su cara entre las manos.

–No puedo, no puedo creer...

–Entonces dime por qué has intentado hacerme feliz –dijo ella, intentado darle la confianza y la fuerza necesarias para aceptar lo que empezaba a nacer en su corazón.

–Porque... –Lorenzo la miraba con los ojos brillantes. Su emoción era tan cruda, tan abrumadora, que le dolía el alma.

Y Chloe no dejaba de mirarlo a los ojos, como si estuviera sujetando su corazón con la mirada.

–Porque... te quiero.

Lo había dicho en voz tan baja que apenas pudo oírlo. Pero la expresión de sus ojos se lo decía todo; todo lo que llevaba tanto tiempo deseando escuchar. Y, de repente, las lágrimas empezaron a rodar por su rostro. Su corazón estaba lleno de amor y, por fin, sabía que Lorenzo sentía lo mismo.

–¿Son lágrimas de felicidad? –preguntó él con voz ronca, mirando el rostro de la mujer a la que amaba... la mujer de la que estaba locamente enamorado.

–Sí –asintió Chloe, pasándose una mano por la cara–. Pues claro que sí.

Lorenzo esbozó una sonrisa, sintiendo que su corazón se hinchaba de alegría.

Estaba enamorado.

Enamorado de Chloe.

Le parecía una emoción extraña. ¿Cómo era posible que sintiera aquello?

Parecía un ángel, pensó. Su belleza nacía de dentro y Lorenzo supo que estaba mirando el rostro del amor.

—No me lo merezco —murmuró, enterrando los dedos en su pelo.

—¿Por qué no? Todo el mundo merece amar y ser amado.

—Pero yo no... mi madre...

—Que tu madre fuese una egoísta no significa que tú seas como ella... o que no tengas capacidad de amar —lo interrumpió Chloe, más enfadada de lo que la había visto nunca—. Esa mujer te rompió el corazón, pero no puedes dejar que controle toda tu vida.

Él la miró, sorprendido. Lo conocía tan bien.

Nervioso, se aclaró la garganta e intentó apartarse un poco...

—No, no te apartes de mí —dijo Chloe—. Te quiero y no voy a permitir que me dejes fuera de tu vida.

Lorenzo esbozó una sonrisa y después soltó una carcajada. Estaba enamorado de Chloe y ella no iba a dejarlo escapar.

—Llevas demasiado tiempo protegiendo tu corazón para que no te hicieran daño —le dijo, dándole un golpecito en el pecho—. Pero ahora que te has liberado no creas que voy a dejar que te cierres otra vez.

Lorenzo tomó sus manos para tirar de ella, mirándola con total seriedad.

–He sido un tonto –le dijo–. Me he esforzado tanto en convencerme de que todo era una mentira, de que el amor no existía. Pensé que había encontrado otra forma de vivir, una manera práctica que nunca me defraudaría. Cuando dijiste que me querías me puse furioso... pero con una sola frase has destrozado todo aquello en lo que he creído siempre. Aunque me parece que incluso entonces ya sabía que tenías razón y que decías la verdad, pero no quería creerlo.

–Pero lo crees ahora –dijo Chloe–. Eso es lo más importante.

–Hemos perdido tanto tiempo... –Lorenzo sacudió la cabeza al pensar en los meses que habían estado separados.

–No ha sido una pérdida de tiempo. Tal vez era necesario para poder llegar a tu corazón.

Lorenzo sintió otra oleada de emoción al mirar sus preciosos ojos verdes. Era asombrosa.

–Tú eres lo mejor de mí –le dijo–. Sin ti no soy nada. No me dejes nunca, cariño.

Chloe cerró los ojos para contener la emoción. Siempre lo había querido, pero aquello era diferente. Saber que Lorenzo la amaba lo magnificaba todo.

Nunca se había sentido tan feliz y nunca había tenido tantas esperanzas para el futuro. Y se apoyó en él de nuevo, sabiendo que por fin tenía lo que su corazón había buscado siempre.

Unos minutos después Lorenzo la tomaba en brazos para llevarla al dormitorio. Pero al entrar oyeron a Emma parloteando en la cuna y eso los devolvió a la realidad.

–Voy a buscarla –dijo Lorenzo, dándole un beso en los labios antes de entrar en la habitación.

Chloe lo vio tomar a la niña en brazos, emocionada. Parecía tan cómodo con ella... había conseguido conectar con Emma y eso significaba que estaba listo para ser su padre.

–Vamos a sentarnos un momento –murmuró, dejando a Emma sobre la cama.

–Se va a caer. Sentada en la cama no se sujeta muy bien.

–Yo la sujeto –dijo Lorenzo, colocándola sobre sus rodillas–. Sólo quería sentarme aquí un momento, con mi familia.

Los ojos de Chloe volvieron a llenarse de lágrimas. Nunca había visto nada más hermoso. Lorenzo parecía totalmente relajado con su hija.

–Ven, acércate –dijo él–. Quiero a mis dos chicas conmigo.

Chloe se sentó a su lado, pasándole los brazos por la cintura. Y en ese momento tomó una decisión. O, más bien, supo que era el momento de dar el siguiente paso.

Abriendo el cajón de la mesilla, sacó el paquetito de preservativos y Lorenzo sonrió.

–Me parece muy bien, pero creo que es demasiado temprano para dejar a Emma con la señora Guest.

–No pasa nada, estaremos solos después. Y esto ya no nos hará falta –dijo Chloe, tirando el paquetito a la papelera.

Cuando levantó la mirada vio que su marido tenía los ojos empañados.

–Te quiero, amor mío.

A la mañana siguiente, antes de que la fría luz del amanecer empezase a asomar en el horizonte, Chloe sintió que Lorenzo la levantaba tiernamente de la cama.

–Ven conmigo –le dijo–. Tengo una sorpresa para ti.

–¿Qué es? –preguntó ella, medio dormida.

Seguía sintiéndose fabulosamente relajada y saciada después de haber hecho el amor durante toda la noche. Y saber que una nueva vida podía estar creciendo dentro de ella había hecho que fuese más maravilloso de lo habitual.

–Pero si no ha amanecido todavía, ¿dónde vamos?

–Está a punto de amanecer –dijo él, sacándola del dormitorio envuelta en el edredón.

Cuando llegaron al piso de abajo, Lorenzo pulsó un botón escondido bajo un panel de la pared que abría las puertas de cristal y Chloe dejó escapar un grito de sorpresa al sentir el aire fresco de la mañana en la cara.

–Tenemos asientos de primera fila –sonrió Lorenzo–. Y con sonido y todo.

Chloe sonrió también. Que hubiese despertado antes que ella sólo para llevarla a escuchar el canto de los pájaros era un detalle precioso.

Se sentaron juntos en el banco de madera, viendo cómo el cielo iba adquiriendo un tinte dorado y escuchando los trinos de miles de pájaros que saludaban al nuevo día. Era el amanecer más hermoso que había visto nunca.

–Gracias –le dijo–. Es lo más bonito que nadie ha hecho nunca por mí.

–De nada –dijo Lorenzo–. Lo único que quiero, más que ninguna otra cosa, es hacerte feliz.

–Y lo único que yo necesito para ser feliz es tu amor –sonrió Chloe, mirando el rostro del hombre al que amaba.

–Chloe Valente, te quiero –dijo Lorenzo, su voz vibrando de emoción–. Te quiero más de lo que puedo decir. Y siempre te querré.

Bianca™

La atracción entre ellos se volvió tan explosiva que no pudieron resistirse a la tentación

Marin Wade, que estaba a punto de perder su empleo, se alojaba en casa de su hermanastra, Lynne, cuando el jefe de ésta, Jake Radley-Smith, se presentó sin aviso. Como Lynne no estaba y él necesitaba una acompañante para esa noche, insistió en que ella lo acompañara. Marin no tuvo más remedio que aceptar, pero la farsa se convirtió en algo más cuando Diana, la ex novia de Jake, se empeñó en que la pareja asistiera a una fiesta en su casa de campo el fin de semana siguiente.

Obligada a fingir ser novia de Jake durante la fiesta de Diana, empezó a tener dificultades para distinguir entre ficción y realidad…

Inocencia salvaje

Sara Craven

Acepte 2 de nuestras mejores novelas de amor GRATIS

¡Y reciba un regalo sorpresa!

Deseo™

El calor de la pasión

JAN COLLEY

El compromiso era una farsa, un plan desesperado de Jasmine Cooper para apaciguar a su padre moribundo y evitar el escándalo en la familia.

El playboy y lince de las finanzas Adam Thorne sabía reconocer una oportunidad cuando la veía. Lo único mayor que su ambición era su orgullo, y Jasmine lo había herido en una ocasión, así que aceptaría la propuesta de la que una vez fue su amante... vengándose de paso y sacando un buen beneficio. Pero, ¿flaquearía esa venganza tan bien planeada ante la pasión que los aguardaba?

Era un novio impostor

Bianca™

El magnate griego no estaba dispuesto a renunciar a su hijo...

La bella Eve Craig cayó bajo el influjo del poderoso Talos Xenakis en un tórrido encuentro en Atenas. Tres meses después de que perdiera con él su inocencia, perdió también la memoria...

Eve consiguió despertar el deseo y la ira de Talos a partes iguales. Eve lo había traicionado. ¿Qué mejor modo de castigar a la mujer que estuvo a punto de arruinarlo que casarse con ella para destruirla? Entonces, Talos descubrió que Eve estaba esperando un hijo suyo...

Una pasión en el olvido

Jennie Lucas